Nelli Bangert

DU BIST EIN Gedanke Gottes

44 x kreative Zeit mit Gott

Mädchenandachten

GerthMedien

Widmung

Für meinen geliebten Christian.
Jedes Warten auf dich hat sich mehr als gelohnt. Ich genieße es,
die Frau an deiner Seite sein zu dürfen und
mich mit dir in die nächste Generation zu investieren.
Gott meint es so gut mit uns!

Für all die wundervollen jungen Mädels,
die ich in den letzten Jahren kennenlernen durfte.
Ihr alle seid Gedanken Gottes
und er hat mit euch noch so viel vor! ☺

Inhalt

Danke

Mein Dank gilt meinem Papa im Himmel, der mich beim Schreiben des Buches auf ganz verschiedene Weise unterstützt, beflügelt, gesegnet, inspiriert und ermutigt hat. Danke, dass ich in den Schreibzeiten auf deine Kraft und deine Inspiration zählen konnte. Danke, dass deine Gegenwart immer wieder so spürbar war und ich immer wusste, dass du mit mir Buchstaben tanzen lässt. Ich freue mich auf unser nächstes Schreibabenteuer!

Auch meinem Ehemann Christian bin ich sehr dankbar. Danke, dass du mich ermutigt hast, dieses Schreibprojekt zu priorisieren und mir dafür die vielen Stunden Zeit zu nehmen. Danke, dass du es mir ermöglicht hast, Zeit für dieses Projekt zu haben. Danke, dass du in mir immer wieder neu meine Sehnsucht weckst, für Mädchen da zu sein und sie auf ihrem Weg mit Jesus zu ermutigen und herauszufordern. Danke für all deine Gebete während des Schreibens, die vielen Gespräche über die einzelnen Andachten und so viel mehr. Ich liebe es, mit dir unterwegs zu sein!

Danke an meine liebste Mama, die immer an mich glaubt und hinter mir steht. „Du schaffst das" ist dein ermutigender Satz, wenn ich gerade wieder einmal müde oder erschöpft bin. Mama, du inspirierst mich mit deinem Vertrauen in Gott, deinem Mut, deiner positiven Art und deiner Liebe. Danke für all das Schöne (und manchmal auch Schwere), was wir schon miteinander erleben durften. Ich habe dich sehr lieb!

Ich danke all den Frauen, die mich bewusst oder unbewusst in meinem Glauben und in meinem Leben weitergebracht haben. Danke für die vielen ehrlichen Gespräche, Gebete, Impulse, euren Trost und euer authentisches Vorbild. Es gab für mich nicht „die eine" Mentorin, sondern so viele, die in den kleinen und großen Momenten meine Mentorinnen gewesen sind. Vielen Dank dafür!

Ganz lieben Dank auch der besten Lektorin ever – Verena Keil. Danke, dass wir nun schon einige Projekte gemeinsam umsetzen konnten und du dich immer wieder neu auf die Schreibreise mit mir begibst. Danke für all deine konstruktive Kritik, dein ermutigendes Feedback, deine kreativen Ideen, dein handwerkliches Geschick im Lektorat und vieles mehr. Es ist eine Ehre, mit dir zusammenarbeiten zu dürfen.

Danke auch an meinen Verlag Gerth Medien, mit dem ich nun schon mein viertes Projekt angehen konnte. Danke, dass ihr mir die Tür bei euch geöffnet habt. Ich fühle mich bei euch als Autorin sehr gut aufgehoben und freue mich, mit euch Projekte verwirklichen zu können. Ganz herzlichen Dank dafür!

Ich danke meinen kreativen Freundinnen Angi, Anita, Celine, Diane, Kai-Isa, Rebecca und Sonja. Danke, dass ihr spontan für mich die Rezepte in diesem Buch getestet habt und Limonade, Kekse, Salz, Lippenpflege und vieles mehr zubereitet und bewertet habt. Ihr seid von Gott mit ganz viel Talent und Kreativität ausgestattet. Genießt und nutzt das – zu seiner Ehre! Ich danke euch sehr dafür!

Und last but not least danke ich dem Café Pappert in meinem Wohnort Linsengericht für die vielen Tassen Cappuccino und Latte macchiato und einige Stückchen Kuchen. Danke, dass ich stundenlang bei euch einen Tisch belegen durfte und ein schönes Ambiente zum Schreiben und Kreativsein gefunden habe. Ich freue mich auf die nächste schöne Gelegenheit!

Vorwort

Immer wieder gibt es in meinem Leben diese Momente, in denen ich vor Sprachlosigkeit und Staunen kein Wort mehr herausbringe: wenn ich ein süßes Baby auf den Armen halte, wenn ich ein phänomenales Wolkenbild betrachte, wenn ich in den Bergen wandere und in die Natur eintauche, wenn ich am Strand vor einem grenzenlos weiten Meer stehe, wenn mir die Geschichte eines Menschen Tränen in die Augen treibt, wenn mich Musik beflügelt, wenn ich gerade ein cremig-lockeres Stück Käsekuchen genieße … Das sind Momente, in denen ich oft an Gott denke – einen Gott, der voller Ideen ist, der Dinge erschafft, gestaltet, erfindet, zu einem Kunstwerk formt. Ja, Gott war in seiner Kreativität noch nie zu bremsen. Er kreiert Menschen, erfindet Tiere, schreibt Geschichten, erschafft Genussmomente, sendet Liebesbotschaften, verwandelt die Natur durch die vier Jahreszeiten … Immer, wenn mir das bewusst wird, spüre ich einen Hauch von Gottes grenzenloser Kreativität und Größe. Und dieser Gott interessiert sich für mein kleines Leben? Wow – das ist doch crazy!

Weißt du, dass auch du ein Gedanke Gottes bist? Dich hat Gott ganz liebevoll erdacht und erschaffen. Weil du sein Ebenbild bist, hat er dir seine Kreativität ins Herz gelegt. Und jetzt kannst du dein Leben gestalten und deinen Gefühlen und Gedanken und Ideen Ausdruck verleihen. Gott hat dir eine Schatzkiste gepackt voll mit Gaben und Talenten, die du im Laufe deines Lebens entdecken und entfalten kannst. Er liebt es, wenn du dein Leben mit ihm kreativ gestaltest und ganz neue Wege suchst, um dich auszudrücken. Er liebt es, wenn seine Liebe dein Herz anstupst und du plötzlich ein Bild malst, ein Lied schreibst, jemanden ermutigst oder für jemanden betest. Er liebt es, wenn seine Liebe dich beschwingt und du gar nicht anders kannst, als diesem warmen Gefühl der Liebe Ausdruck zu verleihen. Ich kann mir vorstellen, dass Gott dich in solchen Momenten ganz liebevoll anschaut und sich mit dir freut. Er ist halt dein Papa, der ganz große Stücke auf dich hält.

Dieses Andachtsbuch will dich einladen, Gott in den unterschiedlichsten Momenten deines Lebens zu begegnen. Weißt du, in meiner Arbeit mit Jugendlichen – auf Freizeiten und Seminaren, in der Gemeinde und anderswo – begegne ich ganz vielen Mädchen. Beim Schreiben hatte ich immer wieder konkrete Situationen vor Augen, und ich habe versucht, in diese Situationen „hineinzuschreiben". Meine Sehnsucht ist, dass du Jesus noch stärker in deinem Alltag wahrnehmen kannst. Er ist da. Jeden Augenblick. Ganz egal, ob du sitzt oder stehst, gehst oder liegst: Er ist mit dir. Ich hoffe und bete, dass dein Herz sich immer stärker mit dem Herzen Gottes verbindet, deine Liebe zu Jesus wächst und in deinem Leben sichtbar wird. Ich wünsche mir, dass dein Vertrauen größer wird und du auch in schweren Zeiten an Gottes Hand festhältst und von ihm Hilfe erwartest. Wenn du durch das Buch nur eine einzige Sache mit Gott erlebst oder erkennst, dann hat sich meine Arbeit gelohnt.

Die Andachten in diesem Buch sind besonders: Damit du deine ganz persönlichen Aha-Momente nicht so schnell wieder vergisst, gibt es zu jeder Andacht eine kreative Aktion, die du umsetzen kannst, einen Do-it-yourself-Tipp, eine Mitmach-Einladung. Ich lade dich herzlich zu diesen Kreativzeiten ein, du wirst Gott dadurch begegnen. Lass dich überraschen! Ich wünsche dir viel Spaß beim Ausprobieren, Basteln, Entdecken, Gotterleben!

Wenn dich das Buch berührt hat und du vielleicht in einem Bereich zum Umdenken inspiriert worden bist, schreib mir doch gerne eine E-Mail an nelli_loewen@gmx.net. Wenn du in deiner Kirche gerne mal ein Event für Mädels gestalten willst und dafür eine Referentin suchst, dann schreib mir ebenfalls gerne. Wenn du gerade einen DIY-Tipp aus diesem Buch umgesetzt und etwas Schönes kreiert hast, poste doch ein Bild davon auf Insta und nutze dafür #gedankegottes als Hashtag. Dann können andere Leserinnen dein Bild entdecken und sich von dir inspirieren lassen. Genauso wie du dort dann auch Posts von anderen finden kannst. Ich werde immer wieder reinschauen und vielleicht sogar das eine oder andere Bild auf meiner Seite teilen. Ach ja – und wenn du leckere Plätzchen gebacken hast (siehe Andacht auf Seite 114), bring mir doch gerne eins oder zwei vorbei. ;-)

Jetzt wünsche ich dir viel Freude beim Lesen. Mach es dir dabei gemütlich und lass dich überreich segnen!

Alles Liebe,
deine Nelli

Du bist ein Gedanke Gottes

Herr, ich danke dir dafür,
dass du mich so wunderbar und
einzigartig gemacht hast!
Großartig ist alles, was du geschaffen hast –
das erkenne ich!

PSALM 139,14; HFA

Gott hat jeden Menschen einzigartig und unverwechselbar geschaffen. Jeder von uns hat ein ganz individuelles Paket geschenkt bekommen, in dem eine einmalige Mischung aus ganz besonderen Eigenschaften, Fähigkeiten, Stärken und Talenten steckt. Aber es passiert so schnell, dass man auf den Paketinhalt schielt, den andere Menschen bekommen haben, und den Wunsch verspürt: „Das will ich auch so gerne haben!“ Oh, diese glockenhelle Stimme! Diese wunderschönen braunen Locken! Diese tolle Figur! Dieses süße Lächeln! Diese strahlend blauen Augen! Diese Intelligenz! Dieser Humor! Uiuiui – es gibt eine Unmenge an Sachen, die wir an anderen Menschen toll finden. Und ehe wir es bemerken, verbreitet sich dieses eklige Gefühl in unserem Herzen: Neid. So schnell wird das Tolle am anderen zum Dorn in unserem Auge. Wir fühlen uns von Gott benachteiligt, wir werden mit uns selbst immer unzufriedener und ärgern uns schließlich über Steffis tolle Stimme oder Annas gute Figur. Und wenn uns dann jemand fragt, was wir so richtig gut können, dann fällt uns gar nichts ein. Ich? Was ich kann? Was ich mag? Ähm …

Ist das nicht schade, dass wir uns den Blick auf uns selbst so schnell vernebeln lassen? Wenn wir uns mit anderen vergleichen, tappen wir unweigerlich in eine Falle, und vor lauter Neid sehen wir die Dinge, die Gott uns geschenkt hat, nicht mehr. Dabei ist alles an mir und an dir unverwechselbar und einzigartig! Niemand auf der Welt sieht aus wie du. Du hast einen unverwechselbaren Charakter, den kein zweiter Mensch hat. Es gibt viele Dinge, die du richtig gut kannst, und Talente, die du vielleicht noch gar nicht entdeckt hast. Niemand fühlt genauso wie du. Und auch deine Beziehung zu Gott ist einzigartig! David singt in einem seiner Psalmen: „Herr, ich danke dir dafür, dass du mich so wunderbar und einzigartig gemacht hast! Großartig ist alles, was du geschaffen hast – das erkenne ich! Schon als ich im Verborgenen Gestalt annahm, unsichtbar noch, kunstvoll gebildet im Leib meiner Mutter, da war ich dir dennoch nicht verborgen. Als ich gerade erst entstand, hast du mich schon gesehen. Alle Tage meines Lebens hast du in dein Buch geschrieben – noch bevor einer von ihnen begann! Wie überwältigend sind deine Gedanken für mich, o Gott, es sind so unfassbar viele! Sie sind zahlreicher als der Sand am Meer; wollte ich sie alle zählen, ich käme nie zum Ende!" (Psalm 139,14–18; Hfa).

David erkennt, dass er wundervoll gemacht ist, dass Gott eine Idee für sein Leben hatte, noch bevor er überhaupt im Bauch seiner Mutter herangewachsen ist. Und ja, es ist wahr: Gott hat sich auch über dich sehr viele Gedanken gemacht, noch bevor du geboren wurdest! Du bist kein Zufall, sondern sein genialer Gedanke. Aber vielen Menschen, besonders vielen Mädchen und Frauen fällt es schwer, das zu glauben. Ich habe den Eindruck, dass der Teufel uns Frauen immer wieder ins Ohr flüstert, dass wir nicht schön, nicht attraktiv und nicht sexy genug sind. Die Medien, viele Frauenmagazine, die Werbung und manchmal auch andere Menschen wollen uns einreden, dass wir erst dann zufrieden mit uns selbst sein können, wenn wir unsere Ziele in puncto Aussehen erreicht haben. Doch das ist alles grundlegend falsch. Die Wahrheit ist, dass wir jetzt schon einzigartig, wertvoll und schön sind – trotz spröder Haare und Pickel. Du hast es nicht nötig, dich mit anderen zu vergleichen und deinen Wert von anderen Menschen abhängig zu machen, weil dein Wert schon jetzt feststeht: Du bist unbezahlbar.

Ich, Nelli, habe mir mal die Frage gestellt, warum eigentlich nicht alle Mädchen schlank sind und einen Top-Stoffwechsel haben. Das wäre doch für Gott gar kein Problem, oder? Aber je länger ich darüber nachdachte, umso deutlicher wurde mir, dass Gott eben ein

Künstler ist, der Schablonen überhaupt nicht leiden kann. Wenn er uns Frauen alle nach einer Schablone gemacht hätte, wären wir alle uniform, alle gleich. Wir hätten alle exakt die gleichen Augen, die gleiche Stimme, die gleiche Haarstruktur, dieselben Stärken und Talente. Wie langweilig! Kannst du dir vorstellen, dass deine Stimme oder deine Mimik noch unzählige andere Mädels haben? Gott jedenfalls kann sich das nicht vorstellen. Weil jeder einzelne Mensch sein Herzensprojekt ist. Deshalb denke immer wieder daran: Sei du selbst. Gott hat dich wundervoll geschaffen. Er möchte, dass du frei und zufrieden leben kannst – ohne die Last, jemand anderes sein zu müssen.

Die meisten Menschen sterben als Kopien,
während sie als Original geboren sind.
Arno Backhaus

DO IT yourself

Einzigartige Fingerabdrücke

Feiere mit deinen Freundinnen eure Einzigartigkeit. Du bist wunderbar gemacht – und deine Freunde auch! Besorge dir weiße Klappkarten und Stempelfarbe oder Acrylfarbe in verschiedenen Farbtönen. Schreibt mit schöner Schrift auf jede Karte: „Einzigartig gemacht". Und dann lass jede Freundin auf jeder Karte einen Fingerabdruck machen. Erzähl ihnen davon, dass jeder Fingerabdruck einzigartig ist – nicht mal eineiige Zwillinge haben einen identischen Fingerabdruck! Anschließend verziert die Karten noch gemeinsam; ihr könnt eure Fingerabdrücke mit einem dünnen Edding verschönern – sie zum Beispiel in lustige Gesichter oder ulkige Strichmännchen verwandeln. Jeder darf natürlich am Ende seine Karte als Erinnerung mit nach Hause nehmen.

Unendlich reich beschenkt

Schmecket und sehet,
wie freundlich der Herr ist.
Wohl dem, der auf ihn trauet!

PSALM 34,9; LU

Letztens fragte mich eine Freundin, ob mein Hochzeitstag denn der schönste Tag in meinem Leben gewesen sei. Hm, spannende Frage … schließlich ist das doch der Tag, auf den viele Frauen so lange warten, von dem sie so lange träumen. Ja, ich kann sagen: Mein Hochzeitstag war ein traumhaft schöner Tag für mich! Ich habe es geliebt, das neue Leben mit meinem wundervollen Mann zu starten. Einfach mal eine Prinzessin zu sein. Das wunderschöne weiße Kleid zu tragen. Mit so vielen mir wichtigen Menschen zu feiern. Aber der schönste Tag im Leben? Nein, das kann ich nicht sagen. Es wäre doch irgendwie schade, wenn das mein schönster Tag gewesen wäre. Das würde ja heißen, dass das Schönste in meinem Leben schon vorbei ist! Vielleicht hast du dir ja auch schon mal vorgestellt, wie es sein wird, wenn du den Mann deines Lebens heiratest. Ja, ich kann aus meiner Erfahrung sagen: Die Hochzeit ist ein ganz besonderer Tag, ja. Aber nicht nur dieser Tag ist wunderschön, sondern das Leben selbst ist es!

Ich finde, es sind oft die kleinen Momente, die das Leben so wunderschön machen. Wenn man mit der besten Freundin herzlich lacht. Wenn einem die Sonne ins Gesicht scheint und man einfach nur lächeln muss. Wenn man mit Freunden am Lagerfeuer sitzt und Stockbrot macht. Wenn einem bewusst wird: Ja, ich bin durch und durch von Gott geliebt – und diesen unbeschreiblichen Frieden im Herzen trägt. Diese Augenblicke sind es, die das Leben so besonders machen.

Ich gebe zu: Nicht immer nehme ich diese Momente wahr. Vieles ist mir leider schon durch die Lappen gegangen, weil ich diese Augenblicke nicht sehen wollte – weil ich viel zu beschäftigt mit meinen Problemen und Sorgen war. Aber es ist so gut, dass ich mich an jedem Tag neu dafür entscheiden darf, die „Dankbarkeitsbrille“ aufzusetzen und zu lernen, diese vielen Geschenke zu sammeln und in meinem Herzen zu bewahren. Denn eigentlich weiß ich ja, dass Gott mich überreich beschenken will und es schon längst tut. Er liebt mich und begegnet mir immer wieder mit Freundlichkeit und Liebe. Aber es ist so nötig, dass ich meine Augen dafür aufmache und seine Geschenke in meinem Leben wahrnehme.

Gott wünscht sich von Herzen, dass wir dankbar sind. Das wird in vielen Stellen der Bibel deutlich. Paulus schreibt zum Beispiel in seinem Brief an die Gemeinde in Thessaloniki: „Seid dankbar in allen Dingen; denn das ist der Wille Gottes in Christus Jesus für euch" (1. Thessalonicher 5,18; LU). Und an die Gemeinde in Kolossä: „Wie ihr nun angenommen habt den Herrn Christus Jesus, so lebt auch in ihm, verwurzelt und gegründet in ihm und fest im Glauben, wie ihr gelehrt worden seid, und voller Dankbarkeit" (Kolosser 2,6–7; LU). Gott wünscht sich, dass wir als seine Kinder seine Geschenke an uns wirklich sehen und uns darüber freuen. Und er beschenkt uns überreich: mit ganz viel Liebe. Mit Frieden im Herzen. Damit, dass er immer ein offenes Ohr für uns hat. Mit guten Freunden. Mit seiner Hilfe, wo immer wir sie brauchen. Nur dann, wenn du seine Geschenke an dich erkennst und dankbar dafür bist, macht das Leben so richtig Freude – weil du erkennst, dass du unendlich reich beschenkt bist. Und dann kann jeder Tag deines Lebens zum „schönsten in deinem Leben" werden!

DO IT yourself

Ein Glas voller Dankbarkeit

Vielleicht fällt es dir gerade schwer, die schönen Momente im Leben wahrzunehmen. Vielleicht bist du unzufrieden, weil Dinge nicht so laufen, wie du es dir gewünscht hast. Glaube es – auch dir hat Gott schon so viel geschenkt – und beschenkt dich jeden Tag neu! Achte doch mal wieder auf seine vielen kleinen und großen Aufmerksamkeiten. Wie wäre es, wenn du dir ein altes Marmeladenglas nimmst und es zu einem „Dankbarkeitsglas" umfunktionierst? Pimpe es ein wenig auf – mit einem Etikett oder hübschen Bändern – und schreibe das, was dich dankbar macht, auf kleine Zettelchen. Nimm für jeden Punkt einen Extra-Zettel. Anschließend „fütterst" du dein Glas damit. Du wirst überrascht sein, wie schnell es sich füllt! Hier ein paar Beispiele, was auf den Zetteln stehen könnte: „Danke, Gott, für das schöne Gespräch mit meiner Freundin heute." „Danke, dass ich mich heute zum Sport aufgerappelt habe." „Danke, dass ich heute meine Lieblings-CD von Mama geschenkt bekommen habe." „Danke, dass ich heute Mathe verstanden habe und keine Angst vor der nächsten Klassenarbeit haben muss." Lass es zu, dass sich mit jedem Zettelchen, das du ins Glas tust, auch dein Herz immer mehr mit Dankbarkeit füllt!

Ein Date mit Gott

Sucht die Nähe Gottes,
dann wird er euch nahe sein!

JAKOBUS 4,8A; NGÜ

Als mich damals dieser tolle Mann (heute mein Ehemann) mit einem strahlenden Lächeln zu einem Date eingeladen hat, habe ich mich unbeschreiblich geehrt gefühlt und mich riesig drüber gefreut. Und überlegt: *Hm, was soll ich nur anziehen? Was werden wir machen? Wie werden wir diese Begegnung, diese kostbare Zeit nutzen?* Ich habe mir sooo viele Gedanken gemacht. Und mir von ganzem Herzen gewünscht, dass es eine richtig tolle Zeit wird. Und so war es auch! Gerade unser erstes Date war so vollgepackt mit schönen Erlebnissen. Dieser spontane Tanz im Regen in einer alten Säulenhalle im Kurpark ... Dieser leckere Cappuccino in einem idyllischen Café ... Dieses stundenlange Reden am Springbrunnen ... Nie werde ich dieses besondere Date vergessen!

Von einem Wesen des anderen Geschlechts auf ein Date eingeladen zu werden, ist aufregend, das kann ich nur bestätigen! Aber die Sache mit dem Daten ist nicht nur auf Jungs beschränkt ... Wusstest du, dass Gott dich höchstpersönlich gerne daten möchte? Vielleicht bist du jetzt irritiert: *Daten? Gott? Mich?* Ja – absolut! Gott will dich daten! Vermutlich verbindest du ein Treffen mit Gott gleich mit Bibellesen und Gebet und denkst: *Ach Mensch, immer dasselbe, irgendwie langweilt mich das voll. Aber* hast du mal darüber nachgedacht, dass diese besonderen Zeiten mit Gott es wert sind, auch besonders gestaltet zu werden? Es ist doch schließlich eine Begegnung mit dem Schöpfer des Universums, mit dem, der dich geschaffen hat, mit deinem Papa im Himmel. Und er möchte eine richtige intime Zeit mit dir verbringen, dir ganz nahe sein. „Sucht die Nähe Gottes, dann wird er euch nahe sein!“, steht in Jakobus 4,8a (NGÜ). Krasse Verheißung, oder? Wenn du einen Schritt auf Gott zumachst, dann ist Gott sofort zur Stelle. Er hat immer Zeit für dich und freut sich riesig auf jedes Date mit dir, das er kriegen kann!

Stell dir vor, deine Begegnungen mit Gott würden sich verändern: Du schläfst auf einmal beim Beten nicht mehr ein. Dir reicht nicht mehr diese eine Minute Zeit mit ihm kurz vor dem Schlafengehen. Stell dir vor, du trägst dir deine wertvollen Dates mit Gott in deinem Kalender ein und gestaltest diese Zeiten – immer wieder mal – richtig kreativ. Dafür musst du jetzt nicht gleich den perfekten Plan entwerfen, denn es geht ja in erster Linie darum, dass dein Herz bei ihm zur Ruhe kommt, wirklich bei ihm andockt. Aber ich mache dir Mut, einfach mal ganz verschiedene Dinge auszuprobieren. Vielleicht inspiriert dich eine der folgenden Ideen?

- Mach dir Lobpreismusik an, rede mit Gott und male ihm ein Bild. Male, wie dein Herz aussieht, wie es dir gerade geht, wo du Fragen hast, was dir gerade wehtut, wo du weiterkommen willst. Male und bete. Wer weiß, was du währenddessen erlebst?
- Vielleicht bist du ja nicht so die Künstlerin, sondern eher die Genießerin. Warum packst du dir nicht einfach einen kleinen Picknickkorb, setzt dich in den Garten und schreibst Gott einen Brief? Genieße diese Zeit ganz allein mit deinem himmlischen Papa und lass die Worte aus deinem Herzen sprudeln. Schreib einfach drauflos – er liebt dich und versteht dich. Wenn du magst, lies dann noch etwas in der Bibel. Wer weiß, was er dir zu sagen hat?
- Vielleicht bist du ja auch ein richtiger Naturfan. Ja, warum packst du dir dann nicht deine Bibel ein und gehst raus? Vielleicht hast du ja einen Lieblingsort ganz in deiner Nähe, wo du die Ruhe genießen, beten und in der Bibel lesen kannst.

Übrigens: Deiner Kreativität sind absolut keine Grenzen gesetzt. So viele schöne Dinge können die Zeit mit deinem Papa im Himmel zu etwas ganz Besonderem werden lassen. Aber die Form ist nicht das Wichtigste – sie soll dir nur helfen, wieder das Tolle einer persönlichen Zeit mit Gott zu entdecken. Vielmehr geht es um dein Herz, um deine Aufmerksamkeit für Gott. Bei einem Date ist man ja auch ganz bei der Sache und hört genau hin und genießt die Zeit (wenn es ein schönes Date ist). Und genau das braucht es bei der Begegnung mit Gott. Probiere einfach aus, was dir liegt und guttut! Aber hier noch ein Tipp: Hab nicht den Anspruch, dass ab sofort ausnahmslos jede Begegnung mit Gott besonders einmalig werden muss. Denn das wird nicht immer klappen. Auch in einer Liebesbeziehung ist nicht jede Begegnung das absolute Highlight. Also, geh die Sache entspannt an. Doch gönne dir und deinem Papa im Himmel immer wieder mal solche besondere Zeiten.

DO IT yourself

Plane ein Date mit Gott

Mach es doch jetzt gleich konkret und trage dir in deinem Kalender dein Date mit Gott ein. Zum Beispiel reserviere dir eine Stunde an einem Nachmittag, an dem du kein Basketballtraining, keinen Musikunterricht oder einen sonstigen regelmäßigen Termin hast. Überlege dir, wie du dieses Date gestalten willst. Du kannst das Date natürlich auch ohne irgendwelche Vorüberlegungen starten und dann mit Gott besprechen, wie ihr euch heute begegnen wollt. Vielleicht kriegst du ja direkt und ganz spontan einen Impuls von ihm?
Wenn du auf den Geschmack gekommen bist, dann trag dir doch

in jeder Woche ein Date mit Gott in deinen Planer ein. Hilfreich ist es natürlich, wenn du dir immer denselben Tag und dieselbe Uhrzeit für das Treffen reservierst. So kann sich mit der Zeit aus deinem Date mit Gott etwas entwickeln, auf das du dich schon im Voraus freust!

Das heiß geliebte Smartphone

Alles ist mir erlaubt,
aber es soll mich nichts gefangen nehmen.

1. KORINTHER 6,12; LU

Meine Freundin und ich sitzen in einem idyllischen Café am See und lassen uns den warmen Apfelstrudel mit sahnigem Vanilleeis auf der Zunge zergehen. Dazu der Latte macchiato mit perfektem Milchschaum, der obendrein mit Kakao bestäubt ist … Ein Traum! Plötzlich durchdringt ein schriller Klingelton die selige Ruhe. Meine Freundin geht ran und telefoniert geschlagene fünf Minuten. Wo waren wir noch mal mit unserem Gespräch? Ähm – keine Ahnung, aber egal. Dann fangen wir halt ein neues Thema an.

Ich erzähle ihr gerade, vor welchen Herausforderungen ich momentan in meinem Leben stehe, als ihr Smartphone erneut ein Geräusch von sich gibt. Diesmal ist der Grund für die Unterbrechung eine neue WhatsApp-Nachricht. Wer hat geschrieben? Meine Freundin muss es natürlich sofort wissen und lässt mich dafür mit meinen Gedanken allein. Hm, offenbar kommt zuerst WhatsApp – und erst dann ich … Als ich später kurz erwähne, dass das Wetter für unser Beachvolleyball-Turnier am Sonntag wohl schlecht werden soll, zückt sie auf der Stelle erneut ihr Smartphone. Jetzt wird die Wetter-App gecheckt. Hallo? So macht mir ein Treffen selbst im schönsten Café der Welt keinen Spaß mehr!

Diese ständigen Unterbrechungen durch das Smartphone sind nicht nur anstrengend und nervig für den, der sich gerade mit uns unterhalten will, sondern auch richtige Zeitkiller. Dank Smartphone ist man doch immer gut beschäftigt: Insta, Snapchat, WhatsApp checken, Status-Meldungen anschauen, dann noch ein Youtube-Video … und – schwupp – ist schon wieder eine Stunde rum. Eine ganze Stunde! Wofür man diese Zeit hätte nutzen können, wenn man sie nicht so gedankenlos vertrödelt hätte …

Eine übermäßige Beschäftigung mit dem Smartphone kann sogar gesundheitliche Folgen haben: Wissenschaftler warnen davor, sich bis in die späten Abendstunden vor den Bildschirm zu hocken: Durch die vielen Informationen werden wir wieder aufgeputscht, und das grelle Licht sorgt dafür, dass der Körper nicht zur Ruhe kommt. Morgens müssen wir aber trotzdem aus dem Bett, und wenn wir schlecht geschlafen haben, sind wir nicht richtig leistungsfähig und obendrein mies gelaunt …

Ich will gar keine schlechte Stimmung gegen das Smartphone machen. Das Teil ist wirklich ohne Ende praktisch, und ich mag es sehr, von überall aufs Netz zugreifen zu können und ständig mit lieben Menschen im Kontakt zu sein. Dennoch merke ich bei mir selber, dass es auch so seine Nachteile hat und ich meinen Internetkonsum immer mal wieder überdenken sollte. Vielleicht ist es für mich sinnvoll, einen festen Zeitpunkt zu bestimmen, zu dem ich mein Smartphone ausmache und in eine Schublade lege, um abends besser zur Ruhe kommen zu können. Generell habe ich mit mir selbst die Regel vereinbart, dass ich mein Smartphone bei Treffen mit Freunden auf lautlos schalte und in der Tasche lasse. Ich merke auch, dass die häufigen Unterbrechungen durch WhatsApp und Facebook-Nachrichten meine Konzentration stören und ich ohne diese Unterbrechungen vermutlich viel mehr am Tag schaffen würde. Auch da will ich mir eine Regel überlegen. Das ist alles andere als einfach! Denn mein Drang, das Smartphone ständig bei mir haben zu müssen, ist schon ziemlich groß …

Aber weißt du was? Ich stelle mir da auch noch eine ganz andere Frage. Mein Smartphone hat meine Aufmerksamkeit, ständig, jeden Tag. Vielleicht viel mehr als andere Dinge in meinem Leben. Was würde eigentlich passieren, wenn ich genauso stark auf Gott fixiert wäre, wenn ich jede „WhatsApp von Gott“ sofort lesen und beantworten würde? Denn er sendet mir immer wieder Botschaften zu. Wie würden sich mein und das Leben meiner Mitmenschen verändern, wenn ich die vielen Kurznachrichten Gottes mehr beachtete? Er gebraucht die verschiedensten Mittel, um mich zu erreichen: Worte der Bibel, andere Menschen, Erfahrungen, die ich im Alltag mache, und manchmal gebraucht er auch ein Werbeplakat, einen Song im Radio oder einen Regenbogen, um mir seine Botschaft zukommen zu lassen.

Es spricht doch eine ganze Menge dafür, einen gesunden Umgang mit dem Smartphone zu entwickeln, oder? Ich will dich ermutigen, dir darüber Gedanken zu machen und gute Entscheidungen für dich zu treffen. Wie du mit deinem Smartphone umgehst, prägt schließlich nicht nur deine Gottesbeziehung, sondern auch deine Freundschaften, deine freie Zeit und sogar deinen Schlaf!

DO IT yourself

Kreativ deine Smartphone-Zeiten reduzieren

- Denk doch mal ein wenig darüber nach, wie du dein Smartphone momentan nutzt und wo du vielleicht etwas verändern könntest. Vielleicht weniger YouTube? Nicht mehr so oft deine WhatsApp-Nachrichten checken? Zu bestimmten Zeiten dein Smartphone auf lautlos schalten? Pack eine konkrete Sache an. (Erst mal nur eine, denn wenn man sich zu viel vornimmt, scheitert man eher.) Bitte Gott, dir zu helfen, deine Beziehung zum Smartphone zu verändern.
- Rede über das Thema, wenn du mit deinen Freundinnen zusammensitzt. Vielleicht kannst du sogar jemanden anspornen mitzumachen?

- Du kannst dir auch die App Menthal herunterladen. Die zeigt dir, wie viel Zeit du am Smartphone verbringst. Wenn du deine Zeit am Smartphone reduzierst, schau doch mal, was sich dadurch in deinem Leben verändert.
- Es gibt auch Apps, die dir helfen, Gott im Alltag nicht zu vergessen, zum Beispiel die App von STEPS: Jeden Tag gibt es dort einen neuen Gedanken, der dich in deiner Gottesbeziehung herausfordert, ermutigt oder inspiriert.*

* Die App findest du in jedem Store unter 365steps.

Trostküsse von Gott

Darum werft euer Vertrauen nicht weg,
welches eine große Belohnung hat.

HEBRÄER 10,35; LU

Mal einen schlechten Tag haben – wer kennt das nicht? Es ist völlig normal, dass man sich nicht an jedem Tag supergut fühlt und das maximale Bedürfnis verspürt, die ganze Welt zu umarmen. Nicht immer fühlt man sich so beschwingt, dass man Mama gleich nach dem Aufstehen ein Küsschen auf die Wange drückt. Nicht immer singt man unter der Dusche in heller Vorfreude auf den Tag. Und nicht immer hat man Lust, morgens aus dem Haus zu gehen. Manchmal hat das gar keinen gewichtigen Grund. Vielleicht bist du einfach nur mit dem „linken Fuß" aufgestanden, hast gerade deine Tage oder Bammel vor der Klassenarbeit … Aber manchmal gibt es schwerwiegendere Gründe, warum du dich nicht mehr richtig freuen kannst. Vielleicht ist jemand aus deiner Familie gestorben. Oder du erlebst gerade die Scheidung deiner Eltern. Oder eine Freundschaft ist in die Brüche gegangen. Vielleicht ist deine große Schwester oder eine Freundin weit weggezogen und du musst jetzt damit klarkommen, dass sie nicht mehr da ist und du mal eben auf einen Kakao vorbeigehen kannst. Manchmal ist doch wirklich alles nur noch blöd, oder?

Mir geht es auf jeden Fall so. Es gab immer wieder Zeiten in meinem Leben, wo ich mich schlecht gelaunt, traurig oder zerrissen fühlte. Wo ich Abschied nehmen musste von einem lieben Menschen. Wo ich gerade in einer Umbruchphase war und mich auf so viel Neues einstellen musste. Wo eine Freundschaft zerbrochen war. Wo ich auf der Arbeit Spannungen aushalten musste. Wo ich gerade starke Selbstzweifel hatte und dadurch auch Zweifel, ob Gott denn jetzt wirklich bei mir ist. Es gibt so viele Situationen, in denen wir durchgeschüttelt werden – und die Freude nicht mehr spüren können.

Auch in der Bibel gibt es viele Menschen, die mit Herausforderungen zu kämpfen und alles andere als ein leichtes Leben hatten.

Ich denke da an David, der immer wieder auf der Flucht vor dem König Saul war, weil er Angst um sein Leben hatte. In diesen bedrückenden Zeiten schrieb er sehr viele Lieder, in denen er seine Gefühle und Gedanken verarbeitet hat (du kannst sie im Buch der Psalmen nachlesen). Ich denke an Daniel, der sich irgendwann in einer Löwengrube wiederfand und dem Tod sprichwörtlich in die Augen sah. Und auch an die vielen Menschen in der Bibel, die mit Krankheiten zu tun hatten und lange Zeit gelitten haben. Sie und viele andere durften erleben, was es bedeutet, von Gott getröstet und aufgerichtet zu werden. Manchmal hat Gott die Schmerzen gelindert und Menschen wirklich geheilt oder ein Problem aus der Welt geschafft. Andere Male hat er den Menschen stärker gemacht und ihn ermutigt, trotz Leid weiterzugehen. Ich lese es in der Bibel und habe auch schon persönlich oft erlebt, dass Gott es sich nicht nehmen lässt, uns zu trösten und wieder aufzubauen. Ist das nicht toll?

Was ich beeindruckend finde, ist, dass Gott gerade in herausfordernden Zeiten auf besondere Weise mit uns sein will. Gerade in diesen Zeiten will er seine Liebe in unser Leben gießen. Ihm tut es weh, uns in Trauer und Schmerz zu sehen. Ich weiß, es ist so megaschwer, in diesen Zeiten danach zu schauen, wie und wodurch Gott uns ermutigen will. Aber wenn du diesen Hoffnungsschritt wagst und Gott bittest, dir in dieser Zeit zu begegnen, wirst du von Ermutigung und Freude überrascht werden. Wenn du darauf achtest, wirst du seine Trostküsse auf ganz unterschiedliche Weise erleben. Vielleicht ja direkt beim Bibellesen. „Darum werft euer Vertrauen nicht weg, welches eine große Belohnung hat", steht da zum Beispiel in Hebräer 10,35. Oder: „Selig sind, die da Leid tragen; denn sie sollen getröstet werden" (in Matthäus 5,4). Ja, von Gott persönlich sollen wir getröstet werden! Vielleicht zeigt er uns seinen

Trost auch durch eine schöne Postkarte von einer Freundin. Oder durch eine Umarmung von einem lieben Menschen. Durch einen Sonnenaufgang, der so wunderschön ist, dass dir die Tränen in die Augen steigen. Oder durch ein starkes Gefühl, das dich unverhofft überkommt und durch das du spürst, dass Gott ganz nah bei dir ist. Oder auch durch einen Frieden in deinem Herzen, der so tief ist, dass du trotz der unveränderten Situation ganz ruhig werden kannst. Gott kümmert sich um dich und weiß um die schwere Zeit. Gerade dann will er dir nahe sein und dich trösten und küssen und dir Gutes tun! Wenn du gerade in so einer Phase bist, dann bitte Gott konkret um seine Trostküsse. Und dann fange an, sie zu suchen. In der Bibel, im Alltag, in der Natur … Sie sind da und müssen von dir nur gesehen werden.

Ja, wir dürfen selber Ermutigung von Gott erfahren. Gleichzeitig dürfen wir aber auch Menschen um uns herum ermutigen und zu Übermittlern von Gottes Trostküssen werden! Überleg doch mal, wo es Menschen in deiner Umgebung gibt, die es gerade nicht so leicht haben, die echt down sind. Werde zu einer Ermutigerin, die sich von Gott zu diesen Menschen schicken lässt!

DO IT yourself

Verschenke Trost-Pralinen

Wie wäre es, wenn du für Leute, die gerade eine echt miese Zeit durchmachen, „Trost-Pralinen" herstellst? Hier ein gutes Rezept, das ich selbst schon ausprobiert habe. (Es war echt superlecker!) Pack kleine Tütchen mit den Köstlichkeiten und gib jeweils

noch eine Postkarte dazu, und dann geh los auf „Ermutigungstour“!
Du brauchst für diese Marzipan-Pralinen mit Nougat-Füllung:

- 400 Gramm Marzipan-Rohmasse
- 250 Gramm Nougat
- 75 Gramm gemahlene Haselnüsse
- 250 Gramm dunkle Kuchenglasur

Verknete das Marzipan mit den Haselnüssen und forme daraus eine zwei Zentimeter dicke Rolle. Diese schneide dann in etwa einen Zentimeter dicke Scheiben. Drücke anschließend in die Mitte jeder Scheibe eine kleine Mulde. Forme dann aus dem Nougat kleine Kügelchen und lege sie in die Marzipanmulden – auf das Ganze gibst du dann eine weitere Marzipanscheibe. Drücke die Ränder gut an und forme aus jedem Marzipan-Nougat-Stück eine Kugel. Stelle die fertigen Marzipankugeln für circa vier Stunden in den Kühlschrank. Nun kannst du die Kuchenglasur erwärmen und die Kugeln hineintauchen (am besten du pikst sie dafür auf einen Schaschlik-Spieß oder einen Zahnstocher). Anschließend auf einem Tablett oder Backpapier erkalten lassen. Gutes Gelingen!

Beten, beten, beten ... und Wunder erleben

Betet ohne Unterlass.

1. THESSALONICHER 5,17; LU

Beten ist die Verbindung meines Herzens mit Gott. Oder anders ausgedrückt: Beten ist Kommunikation mit Gott. Und wenn ich mit Gott kommuniziere, kann das ganz unterschiedlich aussehen. Mal bestürme ich Jesus mit meinen Gedanken und Fragen, erzähle ihm, was bei mir grad so los ist und was ich erlebe und fühle. Ein anderes Mal denke ich einfach nur an Gott, und allein der Gedanke an ihn lässt mein Herz singen und lächeln. Auch das ist Gebet! Dann gibt es die Momente, wo ich in meiner Gemeinde bin und Jesus im Lobpreis Lieder singe. Und schließlich sind da die Zeiten, wo mir die Worte fehlen, weil ich gerade Leid erlebe, innerlich erstarrt bin und einfach nichts zu sagen habe. Dann setze ich mich hin und schweige mit Jesus. Ja, auch das ist Gebet!

Wenn Beten Kommunikation ist, hat Gebet automatisch auch ganz viel mit Beziehung zu tun. Und meine Beziehung zu Jesus hat viele Gemeinsamkeiten mit der Beziehung zu meinem Mann oder einer guten Freundin. Je enger eine Freundschaft ist, umso mehr Zeit wird man miteinander verbringen und umso normaler sind die Gedanken an den anderen. Wenn die Freundschaft zu meiner Freundin wächst, werde ich ihr auch mehr anvertrauen und ihr noch mehr erzählen. Die Kommunikation wird also enger und intensiver. Genauso ist es auch in der Beziehung zu Jesus Christus. Wenn mein Herz ihm gehört und ich mein Leben zu seiner Ehre leben will, dann werde ich immer stärker mit Jesus verbunden sein. Und noch mehr mit ihm kommunizieren.

Aber noch ein anderer Aspekt ist für mich superwichtig, wenn ich an das Gebet denke: die Tatsache, dass bei Gott nichts unmöglich ist. Er ist der Schöpfer des gesamten Universums und er hat deshalb die Macht, die aussichtslosesten Situationen zu verändern. Aus diesem Grund möchte ich ihn gerne mit meinen Anliegen bestürmen, nicht von ihm ablassen und erwarten, dass er mir hilft. Mich hat hier vor einiger Zeit ein Buch inspiriert, das den interessanten Titel „Kreiszieher“ trägt. Dieses Buch hat mich sehr dazu ermutigt am Gebet dranzubleiben, auch wenn sich eine Situation nicht gleich sofort zum Positiven verändert. Ich glaube fest daran, dass wir Wunder erleben werden, wenn wir im Gebet kämpfen und Jesus immer wieder mit einer Sache bestürmen, die uns total wichtig ist und wo wir uns von ihm eine echte Veränderung erhoffen.

Ich möchte dich gern dazu ermutigen, in Situationen, die dir ausweglos erscheinen, zu beten. Immer wieder. Hör nicht auf! Bei Gott gibt es keine Sackgassen und auch keine hoffnungslosen Fälle. Komme immer und immer wieder vertrauensvoll zu Jesus. Mein Mann und ich haben in unserer Wohnung einen kleinen Raum, der ursprünglich als Abstellkammer gedacht war, in einen Gebetsraum umgestaltet. Wir haben dort einen Stuhl hineingestellt und eine Gebetsliste ausgelegt, auf der wir fortlaufend unsere Anliegen schreiben. Sonst steht in dem Kämmerchen nur noch unser Bügelbrett und das Bügeleisen, aber dieser recht kahle Raum hilft uns, nicht vom Gebet abgelenkt zu werden. Wir versuchen, jeden Tag für mindestens zehn Minuten unseren Gebetsraum zu besuchen. Manchmal klappt es, manchmal auch nicht. Aber immer wieder ermutigen wir uns gegenseitig, genau das zu tun. Wir wünschen uns, dass wir Gott mit all unseren Anliegen bestürmen – und erleben dürfen, dass er eingreift und Situationen völlig verändert. In einigen Punkten haben wir schon tolle Gebetserhörungen erlebt. Diese notieren wir dann hinter den Anliegen auf der Liste, damit wir stets vor Augen haben, wie Gott gehandelt hat. Es ist so eine Freude zu erleben, dass Gott, der uns geschaffen hat, genau zuhört und in unser Leben eingreift!

Auch du kannst das erleben! Ich ermutige dich: Mach dich auf den Weg und gebrauche diesen Gebetsschatz. Du wirst sehen, dass du von Gott mit wundervollen Gebetserfahrungen und wunderbaren Gebetsmomenten beschenkt wirst!

DO IT yourself

Eine eigene Gebetsecke

Was hältst du davon, wenn du dir auch eine kleine Gebetsecke einrichtest, in der dich nichts ablenkt? Am besten suchst du dir eine Stelle in deinem Zimmer aus, wo du wirklich zur Ruhe kommen kannst. Du könntest in deiner Gebetsecke zum Beispiel einen kleinen Tisch aufstellen, auf dem deine aufgeschlagene Bibel liegt oder eine Kerze oder ein kleines Kreuz steht, das dich an die Gegenwart Gottes erinnert. Oder du pinnst Zettel mit ermutigenden Sprüchen oder Bibelversen an die Wand. Oder aber du nimmst Acrylfarben und malst auf eine Leinwand ein Bild, das du anschließend in deiner Gebetsecke aufstellst und vielleicht noch zusammen mit farbigen Tüchern dekorierst … Lass dich von deiner Fantasie leiten!
Und dann: Mach dir Gedanken, wofür du konkret beten willst. Was steht gerade an? Was macht dein Herz schwer? Welche Menschen legt Gott dir auf's Herz? Schreibe dir eine Gebetsliste mit dringenden Anliegen. Und dann: Bete, bete, bete! Jeden Tag, immer und immer wieder. Und wenn du erlebst, wie Gott auf deine Gebete antwortet, schreibe es auf. Lass dich durch deine persönlichen Wunder ermutigen, auch weiterhin Gott mit Anliegen zu bestürmen und um Wunder zu beten.

Echte Freundschaften sind Gold wert

Ein guter Freund steht immer
zu dir und ein Bruder ist in Zeiten
der Not für dich da.

SPRÜCHE 17,17; HFA

Über das Thema Freundschaften habe ich mir schon immer sehr viele Gedanken gemacht. Ich kenne Zeiten, in denen ich viel zu viele Freundschaften hatte – und damit schlicht überfordert war. Ich überlegte angestrengt, wie ich es schaffen kann, mit jedem meiner Freunde eine intensive Beziehung zu führen. Und dachte nach: *Wenn es wirklich zu viele sind, hm, wie soll ich mich dann entscheiden, nur ein paar wenige auszuwählen? Das ist toll, aber ab wann ist ein Bekannter eigentlich ein Freund? Was macht echte Freundschaft aus?* Ich stellte mir so viele Fragen.

Dann gab es in meinem Leben aber auch Zeiten, in denen ich Freunde vermisst habe. Zum Beispiel, als ich an einen anderen Ort gezogen bin. Da habe ich mich dann gefragt: *Ja, wo sind denn hier die Menschen, mit denen ich gut kann, die vielleicht schon bald meine Freunde sein werden? Und welche Freunde von früher gehen mit mir in das neue Kapitel meines Lebens?*

Ja, die Sache mit den Freundschaften ist in der Tat gar nicht so einfach! Ich habe mal in der Bibel nachgeschaut und mir die Frage gestellt, was dort eigentlich zum Thema Freundschaft drinsteht. Und siehe da: tatsächlich eine ganze Menge! Schau mal, was ich herausgefunden habe:

- Liebe deine Freunde (siehe Sprüche 17,17).
- Weise deine Freunde zurecht (siehe Sprüche 27,6).
- Gib deinen Freunden Tipps für das Leben (siehe Psalm 27,9).
- Tröste deine Freunde (siehe Hiob 2,11).
- Fühle mit deinen Freunden (siehe Hiob 19,21).
- Bete für deine Freunde (siehe Hiob 42,10).
- Trauere mit deinen Freunden, wenn sie traurig sind (siehe Psalm 35,14).
- Verlass deine Freunde nicht (siehe Sprüche 27,10).

- Hilf deinen Freunden auch in unpassenden Momenten (siehe Lukas 11,5–8).
- Freu dich mit deinen Freunden (siehe Lukas 16,6–9).

Oh, ein guter Freund sollte also ganz schön viele Qualitäten haben! Was mir beim Lesen der vielen Bibelverse klar geworden ist: Freundschaften kosten viel Zeit. Sie fordern meinen Einsatz und mein Engagement. Eine Freundschaft hält nicht automatisch ein ganzes Leben lang. Es ist eine Menge an Zeit und Kraft nötig, damit sie stark wird und sich zu einer Beziehung entwickelt, auf die ich auch in schweren Zeiten zählen kann. Weil ich jemand bin, der gerne unzählige Freunde haben will (und auch wirklich viele Menschen nett findet), lebte ich lange Zeit in der Illusion, dass ich sehr viele Freundschaften gleichzeitig führen kann. Zeitweise rannte ich von der einen Freundin zur anderen und war irgendwann nur noch damit beschäftigt, mich mit verschiedenen Freunden zu treffen. Was mir eigentlich Freude macht, wurde so immer mehr zur Last für mich – weil ich versuchte, vielen Menschen das zu geben, was sie brauchten: Zeit, Verständnis, eine kleine Aufmunterung usw. Aber hatte ich damit auch in mein Leben investiert? Hatte ich in dieser Zeit auch auf das geachtet, was ich gebraucht habe, was mir wichtig war? Eher weniger. Mit vielen Freunden von damals habe ich heute nicht mehr viel Kontakt. Weil mir irgendwann klar geworden ist, dass es so viel besser ist, wenige Menschen auszuwählen, um gute Freundschaften aufzubauen. Denn für diese Freundschaften habe ich dann auch genügend Zeit; ich habe Zeit, sie immer mehr zu vertiefen, sodass ich dann tatsächlich Freunde habe, auf die ich wirklich zählen kann.

Um zu dieser Erkenntnis zu gelangen, hat mir ein Bild geholfen: Stell dir vor, dein Leben ist ein Marathon. Am liebsten willst du mit ganz vielen Menschen das Rennen laufen – von ihnen hören, was sie bewegt und beschäftigt. Während du rennst, wechselst du ständig deine Laufpartner. Bei jedem bleibst du nur eine kurze Zeit, um dann zum Nächsten zu laufen … Dadurch gerätst du in eine Zickzack-Linie und bist irgendwann völlig unruhig und unkonzentriert. Du fühlst dich aber verantwortlich, wirklich jedem gerecht zu werden! Anstrengend, oder? Am Ende bist du zwar mit ganz vielen Menschen unterwegs gewesen, aber du hast niemanden von ihnen so richtig gut kennengelernt. Wenn man gute Freundschaften haben will, sollte man länger mit einem einzelnen Menschen Zeit auf der „Rennbahn" verbringen.

Auf das Leben bezogen finde ich dieses Bild sehr hilfreich. – Mit welchen Freunden willst du wirklich dein Leben teilen? Und wen nur zu deinem Bekanntenkreis zählen? Ein Freundschaftsforscher sagte mal sinngemäß: Freundschaften sind immer handverlesen, es ist wie bei der Suche nach einem Diamanten. Vielleicht ist es ja gerade ein Thema für dich, deinen Freundeskreis nicht weiter zu vergrößern, sondern vielmehr einige wenige Freundschaften weiter zu vertiefen, indem du mit den Einzelnen mehr Zeit verbringst? Bete dafür und lass dir von Gott Klarheit schenken.

Und wenn du gerade das Gefühl hast, zu wenige Freunde zu haben – oder überhaupt gar keine richtige beste Freundin, dann komme auch damit zu Gott. Er weiß, was du brauchst! Bete und werde aktiv: Geh in den Jugendkreis, in einen Sportverein oder melde dich für eine Teenfreizeit an. Verbringe Zeit mit Leuten, die du sympathisch findest, redet miteinander und unternehmt immer wieder was zusammen. Aber hab Geduld. Freundschaften entwickeln sich nicht von heute auf morgen. Doch du darfst darauf vertrauen, dass Gott mit dir ist!

DO IT yourself

Ein Freundschaftsbändchen für die beste Freundin

Es gibt viele schöne Möglichkeiten, hübsche Freundschaftsbändchen herzustellen. Auf Pinterest findest du eine Menge Ideen für Bändchen, die man entweder knüpfen oder mit Perlen herstellen kann. Es ist auch gar nicht so schwer, ein Lederarmband herzustellen. Lass dich inspirieren! Wenn du nicht so die Bastlerin bist, kannst du ja auch ein schönes Armband für deine Freundin kaufen und es ihr einfach mal so oder zum Geburtstag schenken. Lass sie wissen, dass sie dir ganz schön viel bedeutet.

Mach den Unterschied!

Ihr seid für die Welt wie Salz.
Wenn das Salz aber fade geworden ist, wodurch
soll es seine Würzkraft wiedergewinnen?
Es ist nutzlos geworden, man schüttet es weg,
und die Leute treten darauf herum.

MATTHÄUS 5,14; HFA

Hast du schon mal Brot gegessen, das versehentlich ohne Salz gebacken worden ist? Puh, da muss ich direkt an eine Backaktion meiner Mama denken. Und nichts gegen meine Mama – sie ist eine großartige Köchin und Bäckerin. Sie macht den allerbesten Hefezopf weit und breit. Aber eben dieses eine Mal hatte sie vergessen, den Teig zu salzen. Und glaub mir – kein Kaffee und keine doppelte Portion Nutella konnte diesen faden Geschmack übertünchen. Nur weil das Salz fehlte, war nichts mehr von dem Backtalent meiner Mutter zu schmecken.

Vielleicht hatte Jesus eine ähnliche Erfahrung im Kopf, als er sagte: „Ihr seid für die Welt wie Salz. Wenn das Salz aber fade geworden ist, wodurch soll es seine Würzkraft wiedergewinnen? Es ist nutzlos geworden, man schüttet es weg, und die Leute treten darauf herum" (Matthäus 5,14; Hfa). Jesus betont hier ausdrücklich, dass Salz salzen muss. Und das ist auch logisch. Was soll man mit Salz tun, das nicht mehr salzt? Dann kann man es wegschütten. Salz, das nicht salzt, braucht niemand.

Wenn Jesus sagt, dass wir das Salz der Erde sind, meint er damit, dass wir überall dort, wo wir sind, unsere Umgebung würzen: in der Schule, im Einkaufszentrum, im Sportverein, im Chor, in unserer Familie und im Freundeskreis. Wir werden als Christen gebraucht! Gott hat uns dazu berufen, in dieser Welt einen Unterschied zu machen. Das bedeutet nicht, dass wir uns als Moralapostel aufspielen und unseren Klassenkameraden ständig sagen sollen, dass Abschreiben Sünde ist, oder dass wir ihnen ständig alles, was sie falsch machen, aufs Butterbrot schmieren. Nein, damit ist vielmehr gemeint, dass wir dort, wo wir uns gerade aufhalten, freundlich, liebevoll, ermutigend, wertschätzend und freundschaftlich mit anderen umgehen. Salz sein bedeutet, anders zu sein. Eben nicht zu lästern, wenn andere lästern. Nicht zu mobben, nur weil alle das tun. Nicht bei Klassenarbeiten zu pfuschen, nur weil das scheinbar normal ist. Nicht abwertend über den Lehrer zu reden, obwohl man sich selbst ungerecht von ihm behandelt fühlt. Salzig sein heißt, jesusmäßig zu leben.

Wenn wir bewusst anders leben, werden das die Leute um uns herum merken. Sie werden auf unsere Reaktionen und unsere Worte achten. Vielleicht werden sie niemals ein Wort darüber verlieren, aber ihnen wird es nicht entgehen, dass wir anders sind. Vielleicht empfinden sie unser Anderssein als unangenehm, weil es ihnen spiegelt, dass sie sich selbst oft sehr lieblos gegenüber anderen verhalten. Vielleicht werden sie uns deswegen meiden und negative Sprüche über uns klopfen. Das kann durchaus sein. Aber möglicherweise wird in ihnen ja auch der Wunsch geweckt, ebenfalls anders zu sein. Vielleicht fragen sie uns irgendwann, warum wir anders sind. Oder bitten uns um ein Gebet, wenn es ihnen gerade schlecht geht. Wären das nicht tolle Möglichkeiten, ihnen von Jesus zu erzählen? Wären das nicht großartige Chancen, um ihnen zu sagen, dass Jesus sie lieb hat und er sich total freuen würde, wenn sie mit ihm ins Gespräch kommen würden?

Vielleicht ahnst du jetzt, warum Jesus so harte Worte wählte, als er davon sprach, dass Salz, das nicht würzt, weggeworfen werden muss. Er sagt so etwas nicht, weil er uns damit Angst machen oder drohen will. Nein, er wählte diese Worte, damit wir verstehen, wie nötig es ist, dass wir einen Unterschied machen.

DO IT yourself

Gewürzsalz selbstgemacht

Salz ist lebensnotwendig – und eine wichtige Würze in vielen Gerichten. Wie wäre es, wenn du selbst eine Salzmischung herstellst und anschließend verschenkst? Auf der Webseite www.herzbotschaft.de/selbstgemachte-salze/ habe ich einige tolle Salzmischungen gefunden. Hier mal eine kleine Auswahl:

Chilisalz: Getrocknete, gemahlene Chilis und grobes Meersalz mischen. Für alle, die es gerne scharf mögen. Meine Freundin Kai-Isa hat 50 Gramm Salz und 5 Gramm getrockneten Chili genommen. Ihr Tipp war: Um Essen zu würzen, ist die Mischung prima. Wer es nicht so scharf mag, sollte allerdings davon nur ein wenig nehmen.

Tomatensalz: Mischung aus getrockneten Tomaten und Meersalz. Für alle, die es nicht so scharf mögen. Geeignet für mediterrane Gerichte.

Mediterranes Salz: Rosmarin, Bohnenkraut, Majoran, Thymian, Oregano mit Salz mischen. Passt gut zu italienischen und mediterranen Gerichten.

Bruschetta-Salz: Getrockneten Knoblauch, Basilikum und Salz mischen. Geeignet für Bruschetta (geröstetes Brot mit Tomatenbelag) und italienische Gerichte. Meine Freundin Rebecca hat dieses Salz getestet und ca. 1 TL Knoblauch mit 2 TL Basilikum und 50 Gramm Salz gemischt und fand das Mischverhältnis prima.

Für jede Salzmischung nimm etwa 50 bis 100 Gramm grobes Meersalz. Mische nach Belieben die Kräuter unter, die du vorher sehr fein zerkleinert hast. Fülle die Mischung anschließend in ein Schraubglas, das du dann noch mit einem schönen Anhänger oder Aufkleber verzieren kannst. Viel Spaß dabei! Und vielleicht kommt dir ja beim Mischen eine Idee, in welchem Bereich du noch „salziger" werden könntest ...

Hilfe, ich kriege nie genug!

Hütet euch vor der Habgier!
Wenn jemand auch noch so viel Geld hat,
das Leben kann er sich damit nicht kaufen.

LUKAS 12,15; HFA

Bitte noch mehr davon. Bitte noch mehr Leben, noch mehr Spaß, noch mehr Schmuck, noch mehr schöne Momente, noch mehr Urlaube, noch mehr Konzerte, noch mehr Kleidung und noch mehr Geld. Bitte noch mehr davon! Wir haben oft das Gefühl, dass wir noch etwas mehr brauchen, um wirklich glücklich und erfüllt zu sein. Wir denken, dass das, was wir haben, zu wenig ist. Und ein großes Loch macht sich in uns breit. Wir gehen shoppen, ziehen uns Filme rein und gehen auf Events, aber dieses Gefühl bleibt: Ich habe noch nicht genug.

Willkommen in unserer Konsumgesellschaft! In nahezu allen Bereichen des Lebens wird uns eingebläut, dass wir nicht up to date sind, wenn wir nicht dem neusten Modetrend nachlaufen, nicht das neue Smartphone kaufen, die neue Serie nicht gesehen haben. Ist das nicht crazy?

Manchmal wird mir ganz schlecht von diesem „Mehr, mehr, mehr!“. In was für einer kranken Welt leben wir eigentlich? Wenn wir Geld haben, werden uns die Sterne vom Himmel geholt, aber wenn wir pleite sind, lässt man uns am ausgestreckten Arm verhungern. Was ist das für eine verrückte Welt, in der die acht reichsten Menschen der Welt so viel besitzen wie die ärmere Hälfte der Weltbevölkerung zusammen! Es ist eine bodenlose Ungerechtigkeit, wenn die einen nach ein paar Brotkrumen lechzen, während die anderen Entenkeulen und Hummer wegwerfen! Die Welt ist so ungerecht, dass ich schier platzen könnte. Wie gerne würde ich daran etwas ändern.

„Hütet euch vor der Habgier!“, sagt Jesus (in Lukas 12,15). „Wenn jemand auch noch so viel Geld hat, das Leben kann er sich damit nicht kaufen.“ Jesus weist uns darauf hin, dass der Hunger nach Besitz und nach dem nächsten Kick letztendlich ins Leere führt. Spaßige Momente sind schön, aber sie verpuffen auch schnell wieder.

Wenn man viel hat, ist es ja eigentlich schön, doch die Sache ist die, dass man dann trotzdem immer mehr will und nie zufrieden ist – unser Herz bleibt hungrig.

Ich finde, das ist ein sehr wichtiger Gedanke – gerade weil wir in einem Land leben, in dem übermäßig konsumiert wird. Es ist nötig, dass wir verstehen, dass uns all die vielen schönen Dinge im tiefsten Inneren nicht glücklich machen. Natürlich ist es voll in Ordnung, wenn wir uns auch mal was gönnen und schöne Dinge erleben. Dagegen ist nichts einzuwenden; wir dürfen unser Leben dankbar aus Gottes Hand annehmen und genießen! Dennoch wird uns all das nicht dauerhaft erfüllen.

Jesus bietet uns etwas an, das wirklich zutiefst glücklich und zufrieden macht. Er sagt: „Ich aber bringe Leben – und dies im Überfluss“ (Johannes 10,10; Hfa). Damit verspricht er, uns zutiefst satt und zufrieden zu machen, uns eine ganz neue Freude zu schenken und eine Zufriedenheit, die ewig hält. Ich finde das so beruhigend und entspannend. Ich darf mich dankbar zurücklehnen und muss mich nicht mehr von all den Angeboten und Möglichkeiten umwerben und blenden lassen. Vielmehr darf ich mit Jesus Zeit verbringen und mein Herz von seiner Nähe füllen lassen. Frei vom Zwang des Kaufens darf ich mir Gedanken darüber machen, wo ich mit meinem Geld Gutes tun kann. Ich darf mir überlegen, was ich wirklich brauche und mich auch mal in Bescheidenheit üben. Ja, ich sehne mich manchmal nach einem schlichteren Leben, wo ich mich über die Dinge freue, die ich habe und sie genieße, und nicht ständig nach der nächsten Sache Ausschau halte.

DO IT yourself

Weniger ist mehr

Übe dich doch einmal darin, „minimalistischer“ zu leben. Vielleicht ist folgendes Experiment etwas für dich? Nimm dir für einen Monat vor, nichts einzukaufen und mit der Kleidung und den Gegenständen zurechtzukommen, die du aktuell hast. Du wirst im Laufe des Monats merken, wie oft du den Reiz spürst, eine bestimmte Sache zu kaufen. Wenn dir das Experiment noch nicht reicht, entscheide dich zusätzlich dafür, kein Geld für Kino, Süßigkeiten und Schnickschnack auszugeben – auch nicht für Fast Food. Übe dich darin, mit weniger zufrieden zu sein, für das dankbar zu sein, was du hast – und vor allem: immer wieder deinen Hunger bei Jesus zu stillen. Gottes Segen dafür!

Entspannen mit Jesus

Er aber, der Herr des Friedens,
gebe euch Frieden allezeit und auf alle Weise.

2. THESSALONICHER 3,16; LU

So viel um die Ohren! Schule bis zum späten Nachmittag, dann schnell was essen, um sich im Zimmer zu verkriechen und für die nächste Klassenarbeit zu lernen. Und dann stehen auch schon wieder die Bandproben für den nächsten Jugendgottesdienst an oder das Volleyballtraining … Jetzt bloß nicht krank werden! Jetzt dürfen auf gar keinen Fall irgendwelche Dinge passieren, mit denen man gar nicht rechnet, sonst ist das Chaos perfekt … Denn es gibt ja schon genug Stress. In der Familie. Mit der Schwester. Oder der besten Freundin. Oh Mann, wie soll man denn da noch einen kühlen Kopf bewahren? Wie soll man es bloß hinkriegen, tiefenentspannt zu bleiben und cool zu reagieren, wenn der Bruder nervt oder die Eltern einen gerade ziemlich stressen?

Kennst du solche Zeiten in deinem Leben, in denen du nicht weißt, wo dir der Kopf steht? Alle erwarten etwas von dir: deine Eltern, deine Lehrer, deine Freunde. Und ja – auch du selbst stellst Erwartungen an dich. Schnell wird dir dann alles zu viel, und du hast das Gefühl, dein Herz flattert wie eine Fahne im Wind. Du weißt zwar, wie man Ruhe buchstabiert, aber du kriegst es nicht mehr hin zu entspannen. Wusstest du, dass Jesus dir genau an dieser Stelle sehr gerne helfen will? Der Apostel Paulus nennt Gott in seinem Brief an die Gemeinde in Thessaloniki „Herr des Friedens“: „Er aber, der Herr des Friedens, gebe euch Frieden allezeit und auf alle Weise“ (2. Thessalonicher 3,16; LU 2017). Der Herr des Friedens – beeindruckend, oder? Gott weiß, wie Frieden funktioniert und er selbst kann uns Frieden schenken. Einen unendlich tiefen Frieden, der ganz unabhängig von den äußeren Umständen ist. Einen Frieden mitten in aufgewühlten und chaotischen Zeiten. Nicht anders kann ich mir diesen Frieden erklären, wenn ich davon höre, wie mutig und gelassen Christen in anderen Ländern ihren Glauben leben, obwohl sie sich in große Gefahr begeben, wenn sie sich zum

Gottesdienst treffen oder eine Bibel besitzen. Haben sie denn keine Angst? Sind sie wirklich so furchtlos? Ich glaube eher, dass sie sich immer wieder von Gott tiefen Frieden schenken lassen.

Nun können wir in unserem Land ja zum Glück Christ sein, ohne Angst um unser Leben haben zu müssen. Aber herausfordernde Situationen, die kennen auch wir nur allzu gut. Wie können wir es hinkriegen, da die Ruhe zu bewahren? Das Geheimnis besteht darin zu lernen, in stressigen Phasen auf Gott zu schauen – und nicht auf die Dinge, die an unserem Ärmel zupfen oder uns Angst einjagen wollen. Wenn wir unseren Fixpunkt in Jesus Christus haben, dann werden wir nicht so schnell umgeworfen. Dann bekommen wir die Fähigkeit, wieder klarer sehen zu können, das Unwichtige vom Wichtigen zu unterscheiden. Gerade in Stress-Situationen ist es nötig, dass wir bei Gott zur Ruhe kommen.

Auch ich lerne immer noch, mich in stressigen Phasen nicht umwerfen zu lassen – nicht noch schneller zu rudern, um auch ja alles zu schaffen. Stattdessen übe ich, in solchen Momenten zu Gott zu gehen und „Hallo Papa, ich bin jetzt bei dir" zu sagen. Ich übe mich darin, einfach nur bei ihm zu sein, seine Wärme, seine Liebe, seine Nähe zu genießen. Und ich lerne, darauf zu warten, bis wirklich tiefer Frieden im Herzen ankommt. Ich merke, dass das die beste Art und Weise ist, mich nicht im Stress zu verlieren.

Wenn du grad Stress hast, dann überleg mal, was dir helfen könnte, dich zu entspannen: ein Gespräch mit einer Freundin vielleicht, ein warmes Bad, gute Musik oder ein Spaziergang. Aber vor allem komm zu Jesus – lass dir von ihm seinen Frieden schenken. Denn er hat fest versprochen: „Ich lasse euch ein Geschenk zurück – meinen Frieden. Und der Friede, den ich schenke, ist nicht wie der Friede, den die Welt gibt. Deshalb sorgt euch nicht und habt keine Angst" (Johannes 14,27; NL).

DO IT yourself

Ein heißer Entspannungskakao

Brauchst du gerade ein wenig Ruhe? Dann gönn dir doch mal eine Viertelstunde Auszeit mit Jesus. Genieß diese Zeit und mache sie zu etwas Besonderem, indem du dir dafür ein leckeres Entspannungsgetränk mixst. Hier habe ich einen Rezeptvorschlag für dich:

Heißer Kakao mit Honig und Zimt

Du brauchst:
3/4 TL Zimt und Zucker, gemischt, nach Belieben
2 TL Kakaopulver
1 TL Honig
250 ml Milch

Mische die Milch mit dem Kakaopulver und erhitze sie in einem kleinen Topf. Streue anschließend Zimt und Zucker in den Kakao. Gib einen Teelöffel Honig hinzu, wenn die Milch dampft. Lass den Kakao noch kurz einmal aufkochen und nimm ihn dann vom Herd. Fülle den Kakao in deine Lieblingstasse. Wenn du möchtest, kannst du noch ein wenig Sahne als Topping daraufsetzen und dieses mit etwas Zimt bestreuen. Meine Schwester Diane hat ihn für dich getestet und fand ihn superlecker. Also dann: Schöne Zeit der Ruhe wünsche ich dir!

Wie Jungs ticken

Etwas ist noch schlimmer als der Tod,
nämlich jene Frau, die einem Fangseil gleicht,
deren Liebe dich einfängt wie ein Netz
und deren Arme dich umschließen wie Fesseln.
Ein Mann, der Gott gefällt,
kann sich vor ihr retten,
aber der Gottlose wird von ihr gefangen.

SPRÜCHE 7,26; HFA

Jungs. Oh Mann, manchmal ticken die ja echt völlig anders als wir. Diese Aktionen mit dem Laut-Rülpsen habe ich zum Beispiel nie verstanden. Oder dieses gegenseitige Boxen und Hauen. Und dann markieren sie oft den coolen Macker, und man weiß echt nicht, was sie dabei fühlen und denken. Weil sie sonst irgendwie voll verschlossen sind. Aber was an Jungs so völlig anders ist, wird irgendwann superinteressant. Da lächelt dich einer von diesen Typen an und du merkst, dass du vor Verlegenheit ein wenig errötest. Dann bist du mutig und lächelst kurz zurück und er grinst dich an. Macht er das nur so oder will er mehr? Macht es ihm Spaß, dass du darauf reagierst oder verraten seine Blicke mehr? Und als du dann den kurzen Rock anhattest, hast du alle Blicke der Jungs aus dem Teenkreis auf dich gezogen. Hier ein Zwinkern und da ein verstohlener Blick. Ja, es ist einfach so: Irgendwann ist das lockere „Im-Sandkasten-Spielen" mit den Jungs zu Ende. Man merkt immer mehr, dass sie einem fremd sind – und doch irgendwie auch interessant.

Die Atmosphäre in einer Gruppe aus Jungs und Mädels wird plötzlich anders. Jeder versucht, sich von der besten Seite zu zeigen. Man findet jemanden sehr attraktiv, es knistert – und viele Gedanken und Fragen bleiben unausgesprochen. Da ist es extrem wichtig, dass man sich gegenseitig mit Respekt und Achtung begegnet. Das heißt auch, dass man nicht mit Jungs „spielt" und damit falsche Hoffnungen und Sehnsüchte bei ihnen weckt. Es ist einfach eine Tatsache, dass die meisten Jungs stark auf sexuelle Reize reagieren. Ein kurzer Rock, der eigentlich ganz hübsch ausschaut, oder ein sehr tiefer Ausschnitt kann so schnell zum Auslöser von Fantasien werden: *Wie wäre es, mit diesem Mädel zu schlafen? Hm, wie sie wohl ohne Klamotten aussieht?* Und damit wird ein ganz normaler Jugendabend für Jungs schnell zu einem Hindernis-Parcours.

Der eine findet es toll und lässt gerne seine Blicke wandern, der andere wiederum weiß vielleicht gar nicht, wie er damit umgehen soll und schaut verlegen auf den Boden. Hast du schon einmal darüber nachgedacht, dass du Jungs dabei unterstützen, aber auch daran hindern kannst, im Teenkreis Gott zu begegnen? Dass es sein könnte, dass jemand nicht so gut aufpasst, weil er dich immer wieder anschaut? Wie schön wäre es, wenn dein Wunsch nicht in erster Linie der wäre, dass jemand dich sexy findet, sondern vielmehr, dass andere Jesus immer besser kennenlernen.

Ich will dich ermutigen, Gott in das Thema „Jungs“ mit hineinzunehmen. Du kannst Gott Freude bereiten, indem du dir über die Motive deines Handelns im Klaren bist. Warum willst du gerne dieses superkurze Kleid anziehen? Gefällt es dir, wenn du so angezogen bist, dass du damit unweigerlich alle Jungsblicke auf dich ziehst – wenn du so zum Fantasieobjekt der Jungs in deiner Klasse wirst? Fühlst du dich gut in dem Kleid, das du anhast, oder musst du ständig an dir herumzupfen, damit auch bloß niemand unter das Kleid oder in den Ausschnitt schauen kann? Natürlich bleibt jeder Junge selbst dafür verantwortlich, was er denkt und wohin seine Blicke wandern. Diese Verantwortung müssen wir ihm nicht abnehmen. Doch wir können es den Jungs leichter machen, indem wir Rücksicht auf sie nehmen.

Erst gestern hatte ich ein längeres Gespräch mit einem Jugendlichen, der zu mir sagte: „Die Mädchen drehen gerade jetzt im Sommer völlig am Rad. Sie tragen fast alle durchsichtige Kleider und Shirts mit extrem tiefen Ausschnitten.“ Dieser Junge meint es wirklich ernst mit Gott. Gleichzeitig hat er damit zu kämpfen, dass er ständig so vielen Reizen ausgesetzt ist. Klar, viele Mädels tragen nun einmal das, was gerade Mode ist, und machen sich auch gar nicht so viele Gedanken darüber, wie es auf andere wirkt. Deshalb möchte ich dich ermutigen, dich mal näher damit zu beschäftigen. Was würde passieren, wenn du auch deinen Kleiderschrank Gott in die Hände gibst und zusammen mit ihm deine Klamotten durchgehst? Es wäre ein wirklich mutiger Schritt – ein Schritt, der Gott ehren würde und über den sich Jungs, die Jesus lieben, sehr freuen würden. Nimm die Jungs in deinem Umfeld wahr und unterstütze sie dabei, ihre Gedanken und Gefühle unter Kontrolle zu behalten.

DO IT yourself

Mach den Jungs-Test!

1. Die meisten Jungs würden lieber ungeliebt und einsam sein als respektlos behandelt zu werden. **richtig/falsch**
2. Die meisten Jungs würden diese Aussage unterschreiben: „Wenn in meiner Nähe ein neues Mädchen mit einer tollen Figur sitzt und wir gerade mein Lieblingsfach haben, dann lässt mich das in der Regel kalt. Schließlich konzentriere ich mich gerade auf das spannende Thema." **richtig/falsch**
3. Den meisten Jungs ist es wichtig, später eine Frau zu heiraten, die noch Jungfrau ist. **richtig/falsch**
4. Für 70 Prozent aller Jungs ist Treue in einer Beziehung wichtig. **richtig/falsch**
5. Wenn ein Junge ein besonders gut aussehendes Mädchen sieht, macht sein Gehirn schlapp. Seine Leistungsfähigkeit sinkt und das Denken und Lösen von Aufgaben wird so lange schwierig, bis die Schöne wieder aus seinem Blickfeld verschwunden ist. **richtig/falsch**

6. Viele Jungs meinen: Je mehr Sex ein Junge bzw. ein Mann hat, desto männlicher ist er. **richtig/falsch**
7. Viele Jungs glauben an die Liebe auf den ersten Blick. **richtig/falsch**
8. Männer essen mehr Schokolade als Frauen. **richtig/falsch**
9. Männer, die gerade Hunger haben, finden eher kräftigere Frauen attraktiv. **richtig/falsch**
10. Es gibt immer mehr Jungs, die ungeschminkte oder nur leicht geschminkte Mädchen hübscher finden. **richtig/falsch**

Wenn du mehr darüber wissen willst, was Jungs so alles über Mädchen denken, lies doch mal das Buch „Wie Jungs ticken" von Shaunti Feldhahn. Es enthält eine Menge Antworten aus einer groß angelegten Umfrage, die dein Denken über das „starke Geschlecht" in echtes Wissen verwandeln wird.

Auflösung

Frage 1: richtig. 63 Prozent der Jungs wären lieber einsam oder ungeliebt als respektlos behandelt zu werden.

Frage 2: falsch. 52 Prozent der Jungs reizt es, sie anzuschauen, für 30 Prozent ist es unmöglich, sie nicht wahrzunehmen, und nur 4 Prozent lässt das Ganze kalt.

Frage 3: richtig. 69 Prozent aller Jungs würden diese Aussage bejahen.

Frage 4: richtig. Allerdings ist für Mädels dieser Punkt noch wichtiger: 85 Prozent.

Frage 5: richtig.

Frage 6: falsch. Es sind zwei Eigenschaften, die für Jungs zählen: Mut und Ehrenhaftigkeit.

Frage 7: richtig. 64 Prozent haben die Vorstellung, dass sie ein Mädchen sehen und sofort wissen: Die ist es!

Frage 8: richtig! Dennoch geben mehr Frauen an, süchtig nach Schokolade zu sein.

Frage 9: richtig. Krass, nicht wahr?

Frage 10: richtig. Hättest du nicht gedacht, stimmt's?

Warum ich die Bibel liebe

Denn die ganze Heilige Schrift ist von Gott
eingegeben. Sie soll uns unterweisen;
sie hilft uns, unsere Schuld einzusehen,
wieder auf den richtigen Weg zu kommen und
so zu leben, wie es Gott gefällt.

2. TIMOTHEUS 3,16; HFA

Wofür brauche ich ein Smartphone, wenn ich es gar nicht nutze, ich weder telefoniere noch whatsappe noch facetime noch SMS schreibe noch Bilder mache? In so einem Fall ist es unnütz und ich könnte es einfach verschenken oder verkaufen. Genauso ist es auch mit der Bibel. Wozu brauche ich eine Bibel, wenn sie nur im Regal steht und eine Staubschicht ansetzt? Tja, dann kann ich sie auch verschenken oder verkaufen.

Doch halt, bevor du das ernsthaft in Erwägung ziehst, lies mal 2. Timotheus 3,16. Dort steht kurz und prägnant, was die Bibel alles kann und wozu wir sie gebrauchen können: „Denn die ganze Heilige Schrift ist von Gott eingegeben. Sie soll uns unterweisen; sie hilft uns, unsere Schuld einzusehen, wieder auf den richtigen Weg zu kommen und so zu leben, wie es Gott gefällt." Wow – die Bibel kann ja wirklich ganz schön viel, oder?!

Gerne möchte ich dir ein paar Gründe nennen, warum ich, Nelli, die Bibel liebe, und warum ich mir wünsche, dass ich sie immer mehr lieben lerne:

Durch die Bibel lerne ich Gott besser kennen.

Wenn ich die Bibel aufschlage, schaue ich hinein in die Geschichte Gottes mit den Menschen. Ich lese davon, wie Gott ist, wie er mit Menschen umgeht, wie er sie beruft, beauftragt, wie er sie ermutigt, ermahnt und tröstet. Ich spüre beim Lesen seine grenzenlose Liebe zu den Menschen. Ich sehe, wie geduldig und treu er ist und mit welch langem Atem er mit seinem Volk Israel umgeht. Und immer wieder entdecke ich, wie Gott die Schwachen und Unscheinbaren auswählt, um durch sie zu wirken. Sie sind nicht die Superhelden, weil sie es megadrauf haben, sondern sie werden zu Helden, weil Gott hinter ihnen steht. Und wenn ich im Neuen Testament lese, erfahre ich Gottes grenzenlose Liebe durch seinen Sohn Jesus

Christus: Ihm ist kein Weg zu mühsam, wenn es darum geht, mit mir in Beziehung sein zu können. Unfassbar!

Die Bibel ermutigt mich, Jesus zu vertrauen.
„Das Leben ist so herausfordernd und ich habe einfach keine Kraft mehr weiterzumachen." Kennst du den Gedanken? Vermutlich schon. Immer wieder müssen wir kämpfen und Hindernisse im Leben überwinden. Das ging auch schon ganz vielen Menschen, die vor uns gelebt haben, so. Ich lese in der Bibel, wie David gegen einen Riesen gekämpft hat und wie Gott ihn trotzdem gewinnen ließ. Dass Mose einen Schritt in das Rote Meer machen musste und sich erst dann das Wasser nach beiden Seiten teilte, sodass die Israeliten trockenen Fußes hindurchziehen konnten. Ich erfahre von dem Blinden, der nach Jesus rief – und dann geheilt wurde. Die Bibel ist ein richtiges Ermutigungsbuch für mich geworden. Verse, die mich berühren, hänge ich bei uns im Badezimmer auf, damit ich sie immer vor Augen habe. Es ist wundervoll, wenn man einige zentrale Stellen irgendwann auswendig kennt und sie wie Schätze im Herzen bewahrt. In Momenten, wo ich dringend Ermutigung brauche, trösten mich diese Worte dann und geben mir neuen Mut, Jesus zu vertrauen.

Die Bibel zeigt mir meine blinden Flecke.
Ein Vers springt mir förmlich ins Gesicht und ich weiß ganz genau, dass Gott mich gerade ganz konkret anspricht und mich herausfordert, einen Weg zu gehen, der nicht gerade einfach ist: Mich bei jemandem entschuldigen. Meine Eifersucht oder meinen Stolz mit Gottes Hilfe in den Griff kriegen. Eine mutige Entscheidung treffen. Die Bibel hat das Zeug, mir einen Spiegel vor die Nase zu halten und auch unschöne Stellen in meinem Herzen zu offenbaren. Die

Bibel spricht immer wieder ganz konkret in eine bestimmte Situation meines Lebens hinein, und ich bin gespannt darauf, wann sie es das nächste Mal tun wird …

Die Bibel zeigt mir, wie Jesus sich mein Leben als seine Nachfolgerin vorstellt.

Wie kann ich Jesus nachfolgen? Was mag Gott und was nicht? Was ist ihm wichtig? Die Bibel nimmt da kein Blatt vor den Mund. Ich lese in ihr, wie Gott sich mein Leben vorstellt, wie es in der Gemeinde laufen soll, wie er sich Familie und Ehe gedacht hat … Und ich lerne eine Menge an konkreten Lebensregeln kennen, zum Beispiel: Trage als Gottes Botschafterin seine Liebe in die Welt. Liebe deinen Nächsten, ganz egal, ob es dein Freund oder dein Feind ist. Ehre deine Eltern. Rede nicht hinter dem Rücken von anderen. Betrüge niemanden. Sei großzügig. Die Bibel ist eine Richtschnur, an der ich mich orientieren kann.

Die Bibel kann doch wirklich ganz schön viel, oder? Gott möchte uns durch sein Wort prägen und, wo nötig, verändern. Doch damit er das tun kann, braucht er unsere Offenheit. Also: Wann schaust du das nächste Mal in deine Bibel? Sie ist viel zu wertvoll um sie im Schrank verstauben zu lassen!

DO IT yourself

Bibelverse kleben

Wie wäre es, wenn du dich häufiger im Alltag an ermutigende Bibelverse erinnern lässt? Schreibe Verse, die dir wichtig geworden sind, auf kleine Kärtchen und gestalte sie, wenn du magst, kreativ – mit Farben, kleinen gezeichneten Details oder aufgeklebten Motiven. Vielleicht hast du auch tolle Fotos, auf denen du die Bibelverse platzieren kannst. Klebe die Kärtchen an den Schrank, an deinen Spiegel, dein Fahrrad, auf deinen Schülerkalender … Auch auf dein Smartphone-Display kannst du einen Vers packen. Lass dich immer wieder von Jesus im Alltag unterbrechen und durch die Worte der Bibel prägen. Viel Segen dabei!

Endlich wieder fliegen

Kommt zu mir, ihr alle, die ihr euch plagt und
von eurer Last erdrückt werdet;
ich werde sie euch abnehmen.

MATTHÄUS 11,28; NGÜ

„Ihr habt viel mehr Ängste, als es euch bewusst ist!" Das sagte damals mein Bibelschullehrer mal in einer Unterrichtsstunde. Mich hat dieser Satz irgendwie provoziert. Und ich habe gedacht: *Echt? Wieso das denn? So ein Quatsch! Ich doch nicht!* Ich empfand mich mit meinen 23 Jahren damals als recht mutig. Ängste? Ich doch nicht!

Heute muss ich über meine Reaktion von damals schmunzeln. Denn mittlerweile habe ich eine ganze Menge unterschiedlichster Ängste kennengelernt. Ich könnte dir jetzt von schlaflosen Nächten erzählen und von Sorgen, die meine Laune richtig gedrückt haben. Vielleicht wirst du ja gerade auch von Ängsten geplagt, von Dingen, die dir das Leben schwer machen. Vielleicht hast du Angst, dass du die Schule nicht so gut abschließen wirst, wie du es für deinen Traumjob brauchst. Vielleicht hast du Angst, dass du in der neuen Klasse nicht so gut ankommst und du zu den Außenseitern gehören wirst. Vielleicht hast du auch Angst davor, dass der tolle Typ aus deiner Parallelklasse dich nicht toll findet und ihr noch nicht einmal ganz normale Freunde werdet. Vielleicht hast du auch die undefinierbare Angst, dass du im Leben scheitern und nicht glücklich sein wirst.

Ängste sind nicht immer unbegründet – vielmehr sind sie sogar lebensnotwendig. Ohne Angst vor dem Tod würden wir uns vermutlich ständig in große Gefahren bringen und irgendwelche verrückten Sachen machen. Ängste können uns in vielen Fällen warnen, uns sagen: „Achtung, pass auf! Hier kann es gefährlich werden." Zum Beispiel, wenn du in den Bergen an einem steilen Abhang stehst.

Aber in vielen Fällen bringen uns unsere Ängste keinen Meter weiter. Im Gegenteil: Sie blockieren und lähmen uns sogar. Doch Jesus wünscht sich sehr, dass wir frei durchatmen können und uns in seinen Armen gehalten und geborgen wissen. Deswegen will er selbst sich um unsere Ängste kümmern. Er weiß, wie anstrengend sie sind, wie sehr sie uns einengen können, und lädt uns ein, alle Ängste bei ihm loszulassen. „Kommt zu mir, ihr alle, die ihr euch plagt und von eurer Last erdrückt werdet; ich werde sie euch abnehmen“ (Matthäus 11,28; NGÜ), sagt er, und an anderer Stelle: „In der Welt habt ihr Angst; aber seid getrost, ich habe die Welt überwunden“ (Johannes 16,33b; LU).

Jesus wünscht sich, dass wir angstfrei leben. Er will uns freimachen und uns dabei helfen, so unbeschwert und frei zu fliegen wie ein Schmetterling. Mach doch mal kurz deine Augen zu und stelle dir einen richtig schönen Schmetterling vor, der verklebte Flügel hat und nur noch auf dem Boden herumkriecht. Dafür ist er aber doch nicht gemacht, nicht wahr? Und dann stell dir vor, wie dieser Schmetterling wieder befreit ist und in die Luft flattern kann, wie er wieder fröhlich seine Kreise in der Luft zieht. Genau dafür bist auch *du* gemacht; *du* bist geschaffen, um frei und unbeschwert zu fliegen. Gott will dich freimachen, damit du wieder strahlen und angstfrei dein Leben gestalten kannst.

DO IT yourself

Ängste kaputt reißen

1. Nimm dir Zeit im Gebet, um über deine Ängste nachzudenken. Was lähmt dich und nimmt dir deine Lebensfreude? Lass dir von Jesus deine kleinen und großen Ängste zeigen. Schreibe sie dir auf. Nutze dafür pro Angst einen neuen Zettel.

2. Lies dir die Geschichte in Matthäus 14,22–33 durch, wo Jesus eingegriffen und einen Sturm gestillt hat. Diese Geschichte zeigt so gut, welche Macht Jesus hat und dass vor ihm alle Ängste weichen müssen.
3. Bete, dass Jesus deine Ängste wegnimmt. Sag ihm, dass du ganz nah an seinem Herzen leben und ihm vertrauen willst. Bitte ihn darum, dass er dir Kraft dafür gibt. Bitte ihn, dass er deinem Herzen neue Leichtigkeit schenkt. Und wenn du es nicht direkt erlebst und dieser Gedanke nicht gleich in dein Herz fällt? Dann bete weiter. Nimm dir Zeit dranzubleiben und auch im Gebet auf Jesus zu warten. Warte darauf, dass er handelt, dass er deinem Herzen Frieden schenkt.
4. Reiße jeden einzelnen „Angstzettel" durch. Keine deiner Ängste soll mehr Macht über dein Leben haben, weil Jesus in dir lebt und er selbst auf dich aufpassen wird. Bei ihm bist du ganz sicher – da können Ängste getrost verschwinden! Sie müssen dich nicht erschrecken und dir auch nicht mehr auf so nervige Weise nachgehen. Jesus passt auf dich auf! Leider wird es so sein, dass immer wieder mal eine Angst an deinem Herzen anklopft. Wenn das passiert, dann gehe immer wieder ins Gebet und gib Jesus deine Sorgen und Ängste ab. Warte im Gebet darauf, dass er deinem Herzen wieder Ruhe schenkt. Er wird es tun! Immer und immer wieder! In Psalm 50,15 (NGÜ) steht: „Rufe zu mir in Tagen der Not. Dann werde ich dich retten, und du wirst mich preisen." Lass bei Jesus immer wieder deine Lasten los, er wird sich darum kümmern. Und du – fliege!

Deine Eltern und du

Ehre deinen Vater und deine Mutter.

2. MOSE 20,12A; NL

Als Kind bin ich ja mit den Eltern ganz gut zurechtgekommen, aber plötzlich ist irgendwie der Wurm drin. Oh Mann, sie scheinen sich total verändert zu haben! Noch vor einiger Zeit habe ich es geliebt, mit ihnen in den Zoo zu fahren oder ins Schwimmbad, aber jetzt bin ich im Grunde ganz froh, wenn sie mal weg sind. Ganz egal, wo. Hauptsache weg und Hauptsache, ich hab meine Ruhe.

Hast du auch schon mal solche oder ähnliche Gedanken gehabt? Ja, es geht so fix, dass man eine Bemerkung von Mama in den falschen Hals bekommt. Oder sich von Papas Blick provoziert fühlt. Und dann sind da noch die vielen nervigen Fragen: *Hast du schon die Hausaufgaben gemacht? Hast du schon für die Klassenarbeit gelernt? Mit wem hängst du denn so in der Schule ab? Was machst du die ganze Zeit am Smartphone? Geh doch mal an die frische Luft, es ist gerade so schönes Wetter draußen. Achte darauf, dass du genug trinkst …* oh mannomann, dabei ist man doch kein Baby mehr! Kommt dir das alles irgendwie bekannt vor? Bist du manchmal megagenervt von deinen Eltern?

Hier eine gute Nachricht: Du bist keine Ausnahme! Wenn aus Kindern Teens werden, verändert sich das Verhältnis zu den Eltern. Das ist ganz normal. Als Kind ist man darauf angewiesen, dass die Eltern einem ständig sagen, was man tun darf und was nicht. Schließlich weiß man als kleines Kind noch nicht, wo überall Gefahren lauern und was vielleicht auch wehtun könnte. Tja, in diesem Modus sind die Eltern dann einmal drin, auch wenn das Kleinkind irgendwann kein Kleinkind mehr ist. Manchmal verlieren Eltern etwas aus dem Blick, dass man mit zunehmendem Alter immer eigenständiger wird und nicht mehr für alles Ratschläge und Tipps mehr braucht. Aber diese Meinung teilen Eltern nicht immer: nämlich genau dann, wenn man Dinge tut oder Entscheidungen trifft, die Eltern quer im Magen liegen. Es müssen gar nicht immer die großen Sachen sein. Schon kleine Dinge können echt großen Stress verursachen.

Ich habe mir zum Beispiel als Teeniemädchen mal künstliche Nägel machen lassen. So richtig lange French-Nägel. Ich fand das sooo schön und habe mich damit so schick gefühlt. Aber mein Papa fand das überhaupt nicht toll. Im Gegenteil: Er fand sie ganz furchtbar und konnte es nicht verstehen, warum ich das nicht mit ihm abgesprochen habe. Ich sag's dir: Es gab ziemlich dicke Luft zu Hause. Und das war echt nervig. In einer solchen Situation kann man, wenn man nicht aufpasst, ganz schnell ausrasten …

Gott weiß, wie schwierig der Umgang mit den Eltern sein kann. Deshalb hat er uns ein Gebot mit auf den Weg gegeben: „Ehre deinen Vater und deine Mutter" (2. Mose 20,12a; NL). Was für eine Herausforderung! Die Eltern ehren? Wirklich? Und was bedeutet das eigentlich genau? Nun, das bedeutet, dass wir ihre Ratschläge und Gedanken nicht einfach mit einem Schulterzucken wegdrängen, sondern darüber nachdenken. Es bedeutet, dass wir ihnen glauben, dass sie es gut mit uns meinen. Die Eltern ehren – dazu gehört auch, dass wir nicht hinter ihrem Rücken lästern, sondern gut über sie reden und denken, dass wir sie wertschätzen und dankbar für sie sind. Natürlich ist das oft nicht leicht, gerade dann, wenn sie eine total andere Meinung als wir haben und die Beziehung zu ihnen alles andere als entspannt ist. „Ehren" bedeutet übrigens nicht, dass wir immer nach ihrer Nase tanzen und ihnen alles recht machen müssen! Manchmal kann es sogar passieren, dass Eltern falschliegen oder einen falschen Rat weitergeben. Auch Eltern sind wie alle übrigen Menschen keine perfekten Wesen. Auch sie machen Fehler. Aber in den allermeisten Fällen meinen sie es wirklich gut mit uns. Ich kann dir aus eigener Erfahrung sagen, dass es sich lohnt, in die Beziehung zu den Eltern zu investieren. Wenn es dir ein Anliegen ist, dass das Verhältnis zu ihnen gut ist, werden deine Eltern das merken – und die Beziehung wird sich so ganz bestimmt verbessern. Hier ein paar Tipps, was du ganz konkret tun kannst:

Bete für deine Eltern

Genauso wie du erleben auch deine Eltern immer wieder stressige Phasen. Auch sie müssen Herausforderungen im Alltag überwinden, im Job ist nicht immer alles easy, und auch in der Ehe kann es schon mal kriseln. Bete für sie, dass Gott ihnen Kraft und Durchhaltevermögen schenkt. Bete, dass sie Gott näherkommen und ihn noch stärker in den Mittelpunkt der Familie, der Ehe und des Alltags stellen.

Nimm Ratschläge an

Vermutlich ist es so, dass deine Eltern dir Ratschläge mit auf den Weg geben wollen. Versuch mal, sie nicht gleich zu verdrängen – nur weil das deine Eltern gesagt haben – und stattdessen darüber in Ruhe nachzudenken. Vielleicht ist der eine oder andere Tipp gar nicht mal so schlecht?

Schaffe schöne Erinnerungen

Überlege dir mal, was ihr als Familie Schönes unternehmen könntet. Bring immer wieder mal einen Vorschlag ein. Und dann genieße diese Zeiten. Denn das sind genau die Zeiten, an die du irgendwann denken wirst, wenn du nicht mehr zu Hause wohnst.

DO IT yourself

Plane ein schönes Familien-Event

Packe es doch direkt an. Organisiere eine schöne Familienzeit! Du könntest einen gemeinsamen Ausflug vorschlagen, vielleicht ja in einen Trampolinpark? Oder aber ihr macht einfach einen gemütlichen Raclette- oder Spieleabend. Eine Idee wäre auch, für alle etwas Leckeres zu kochen. Oder ein Shooting zu organisieren – vielleicht habt ihr ja einen Fotografen im Verwandten- oder Freundeskreis? Macht eine Sache fest und dann – enjoy it!

Und tschüss, Glaubenstrott!

Christus soll immer wichtiger werden,
und ich will immer mehr in den Hintergrund treten.

JOHANNES 3,30; HFA

Schlechte Gewohnheiten können in der Tat heftige Konsequenzen für das Leben bedeuten. Stell dir vor, was passiert, wenn man es sich als junges Mädel angewöhnt, bei Trauer und Schmerz *immer* zur Schokolade zu greifen. Vielleicht gehörst du zu denen, die in harten Zeiten eine süße Aufmunterung brauchen. Bis zu einem gewissen Grad ist das auch in Ordnung. Die eine geht joggen, um sich wieder besser zu fühlen, die andere muss einfach ein wenig Zeit für sich alleine haben und eine dritte trifft sich dann am liebsten mit einer Freundin auf einen Kaffee und ein Stückchen Kuchen. Das ist okay. Wenn wir schwierige Zeiten erleben, dürfen wir uns auch mal verwöhnen und uns guttun. Aber was würde passieren, wenn ich bei jedem Frust eine Tafel Schokolade verdrücken würde? Irgendwann würde das zu einem großen Problem werden. Ich würde zunehmen, die Lust am Leben verlieren, immer weniger Freude spüren und den gesunden Bezug zu meinem Körper einbüßen. Irgendwann würde ich dann vielleicht sogar in eine Suchtspirale geraten, aus der es so schnell keinen Ausweg gibt. Schlechte Gewohnheiten haben auf Dauer heftige Folgen.

Aber es geht auch andersherum: Gute Gewohnheiten in unserem Leben zahlen sich aus. Sie prägen unseren Charakter und dadurch unser ganzes Leben. Jesus hatte gute Gewohnheiten. Er ging beispielsweise immer wieder an einen einsamen Ort, um dort mit seinem Papa im Himmel zu sprechen. Durch diese Zeit, die er mit seinem Vater verbrachte, bekam er die Klarheit, was er tun soll, sein Herz wurde gestärkt und er konnte mit neuer Kraft den täglichen Herausforderungen begegnen. Was wäre passiert, wenn er diese gute Gewohnheit nicht gehabt hätte?

Auch der Dichter David, der viele Psalmen geschrieben hat, hatte gute Gewohnheiten. Was wäre passiert, wenn er mit seinem ganzen

Frust und seiner Angst alleine geblieben wäre und alles in sich hineingefressen hätte? Aber er hatte gelernt, Gott in all seine Gedanken und Gefühle mit hineinzunehmen. Über die guten und schweren Zeiten seines Lebens schrieb er immer wieder Songs als Gebete zu Gott. Eine wirklich sehr gute Gewohnheit! Ich glaube kaum, dass David jedes Mal große Lust hatte, sich dem ganzen Frust zu stellen und Gott damit in den Ohren zu liegen. Viel einfacher wäre es doch gewesen, die Beziehung zu Gott hinzuwerfen und wegzulaufen. Aber nein: David blieb dran und schrieb Lieder und betete. Wow.

Was wünschst du dir von Herzen? Wonach sehnst du dich? Wünschst du dir, dass du Gottes Stimme klarer von anderen Stimmen unterscheiden kannst? Wünschst du dir, dass du noch mehr mit Jesus erlebst? Dass dein Glaube wächst? Bete und frage Gott, welche guten Gewohnheiten dir helfen können, im Glauben weiterzukommen. Vielleicht ist es dran, deine Prioritäten neu zu sortieren. Vielleicht verwendest du momentan zu viel Zeit für deine Lieblings-Soap und für Filme auf YouTube – und zu wenig Zeit für Gott. Wenn du dir eine gute Gewohnheit überlegst, überfordere dich nicht. Fang ganz klein an. Wenn du mehr Zeit mit Jesus verbringen willst, starte mit zehn Minuten täglich. Überlege dir, wann du diese Zeit gut in deinen Tagesablauf einbauen kannst – zum Beispiel morgens, bevor du zur Schule gehst. Wie wäre es, wenn du diese zehn Minuten nutzt, um zur Ruhe zu kommen und Jesus in deinen Alltag einzuladen? Eine gute Gewohnheit wäre auch, regelmäßig für ganz konkrete Anliegen zu beten, jede Woche in den Jugendkreis zu gehen oder Gebetserhörungen in einem Tagebuch zu notieren.

Gute Gewohnheiten sind eine Hilfe für uns und unseren Glauben. Aber wir sollten aufpassen, dass wir dadurch keine falsche

Frömmigkeit entwickeln, also denken: „Wenn ich dies und das regelmäßig tue, bin ich ein guter Christ." Niemand von uns wird durch das, was er Tolles macht, ein „guter" Christ. Nur Jesus macht uns gut! Aber die andere Seite der Medaille ist: Wenn du im Glauben überhaupt keine guten Gewohnheiten entwickelst und deine Beziehung zu Gott dem Zufall überlässt, wirst du kaum Zeit für ihn haben, weil dann andere Dinge immer wichtiger sein werden als er. Du wirst ihn langsam aber sicher als Mittelpunkt deines Lebens verlieren, bis er irgendwann gar keine Rolle mehr in deinem Leben spielt.

Deshalb: Entscheide dich bewusst dafür, Gott die verschiedenen Bereiche deines Lebens zur Verfügung zu stellen, und entwickle Gewohnheiten, die dir helfen, mit ihm in Verbindung zu bleiben und im Glauben zu wachsen. Dann wirst du die Erfahrung machen, dass Jesus immer mehr in dein Leben hineinsprechen wird. Ja, noch viel mehr als das: Er wird dein Leben radikal verändern – dein Herz, deine Leidenschaften, deine Gedanken, dein Verhalten, deine Ausstrahlung, deinen Blick auf andere Menschen!

DO IT yourself

Eine Erinnerungskarte für deine Beziehung zu Gott

Du hast die Sehnsucht, Jesus mehr Raum in deinem Leben zu geben? Nichts will er lieber, als Zeit mit dir zu verbringen und dein Leben zu prägen! Überlege mal, welche gute Gewohnheit du in deinen Alltag einbauen könntest. Nimm dir nur eine Sache vor.

Wenn diese eine Sache dann zur Gewohnheit geworden ist und du sie nicht mehr aus deinem Alltag wegdenken kannst, dann beginne, wenn du möchtest, mit einer nächsten guten Gewohnheit. Bitte Gott, dir bei der konkreten Umsetzung deiner Ideen zu helfen. Schreibe dir das, was du in dein Leben regelmäßig (täglich oder wöchentlich) einbauen willst, zur Erinnerung auf eine Karte, also zum Beispiel: „Gott jeden Tag für mindestens drei Dinge danke sagen." Oder: „Date mit Gott donnerstags 16 Uhr." Hänge dir die Karte dort auf, wo du sie zwangsläufig immer wieder siehst: an deinen Spiegel, an die Wand über deinem Bett – oder du legst dir ein scheckkartengroßes Kärtchen in das Münzfach deines Geldbeutels.

Was Gott dir vor die Füße legt

Denn was wir sind, ist Gottes Werk;
er hat uns durch Jesus Christus dazu geschaffen,
das zu tun, was gut und richtig ist.
Gott hat alles, was wir tun sollen, vorbereitet;
an uns ist es nun,
das Vorbereitete auszuführen.

EPHESER 2,10; NGÜ

Stell dir doch mal vor, die Eltern deiner Freundin Lisa machen einen Wochenendtrip. Sie greift die Gelegenheit beim Schopf und lädt für das Wochenende alle ihre Freunde zu sich nach Hause ein. Es wird am Ende zwar keine „Haus-kaputt-Party", aber doch so etwas Ähnliches. Nachdem die Freunde weggefahren sind, sieht das Haus aus wie bei Hempels unterm Sofa. Überall stehen Teller herum, teilweise noch mit kalten Pizzastücken drauf. Angebrochene Chipstüten liegen auf der Couch – und paar zerkrümelte Chips daneben. Auf dem guten Teppich liegen zertretene Salzstangen und in der Küche stapeln sich Tassen und Teller in der Spüle. Ja, und dann erst das Bad … oh Hilfe. Überall Chaos pur. Und in einer Stunde sind die Eltern wieder zu Hause. Ach du große Güte, wie soll Lisa es so schnell schaffen, das Chaos zu beseitigen?

Vielleicht kannst du diese Situation gut nachempfinden. Es fühlt sich furchtbar an, wenn das Chaos größer ist als die eigenen Möglichkeiten, eben dieses Chaos zu beseitigen. Okay, im Beispiel oben war das Chaos selbst verschuldet. Es war ganz bestimmt keine gute Idee von Lisa, ohne Absprache mit ihren Eltern eine Party zu Hause zu veranstalten. Aber wenn ich ehrlich bin, habe ich mich schon häufig so gefühlt wie Lisa. Nein, nicht, dass ich die Wohnung meiner Eltern auf den Kopf gestellt hätte. Das nicht. Aber ich war schon oft in Situationen, wo ich den Eindruck hatte, ich müsste jetzt „eben mal kurz die Welt retten", aber dann schnell merkte, dass ich das nicht schaffe. Weil ich keine Superkräfte habe. Weil ich nicht die Superpowerfrau bin. Ich wurde beispielsweise von der Not, die es auf dieser Welt gibt, immer wieder schier überwältigt. So viele Kinder gibt es, die in ärmsten Verhältnissen leben, sehr viele von ihnen sogar ohne Eltern … So viele Menschen, die auf der Flucht sind und in unserem Land eine Bleibe haben wollen … Wer kümmert sich um all diese Menschen? Sollte ich mich für sie investieren? Und was ist mit den Menschen, die spielsüchtig, alkoholsüchtig, magersüchtig, drogensüchtig sind? An ganz vielen Stellen herrscht Chaos: in der Welt, in meinem Land, in meiner Stadt, in meiner Schule, in meiner Gemeinde. Was würde ich dafür geben, wenn man mit nur einem Mausklick, mit einem einzigen Wort das ganze Chaos aus der Welt schaffen könnte!

Aber die Wahrheit ist – leider: Ich allein kann das Chaos niemals beseitigen. Die Not ist größer als meine Kräfte und meine Möglichkeiten zu helfen. Aber das Gute ist: Jesus Christus will das Chaos beseitigen und er hat all die Baustellen im Blick. Er möchte die Ärmel hochkrempeln und helfen, ermutigen, heilen, versorgen, beschenken, aufrichten, motivieren, trösten. Und so viel mehr. Er hat eben ganz andere Möglichkeiten als wir.

Na gut, denkst du vielleicht, wenn er das alles alleine auf die Kette kriegt, dann können wir es uns doch auf der Couch gemütlich machen und chillen. Aber stopp, das ist nicht der Plan von Jesus. Für seine Mission, das Chaos in der Welt zu beseitigen, will er uns Menschen einbeziehen. Mich und dich. Teresa von Ávila, eine spanische Ordensfrau, hat einmal gesagt: „Christus hat jetzt keinen anderen Leib als euren, keine Hände außer eure. Eure Augen sind es, durch die Christi Erbarmen auf die Welt schaut. Mit euren Füßen geht er umher und tut Gutes. Mit euren Händen will er uns jetzt segnen." Ja, Jesus Christus möchte durch uns anderen begegnen und sie segnen. Aber Gott überfordert uns nicht, indem er uns vor den Riesenberg an Not stellt und sagt: „Mach jetzt! Eine Sache nach der anderen. Alles ist deine Arbeit." Nein. Er legt uns immer wieder nur so viel vor die Füße, wie wir durch seine Kraft schaffen können. Nicht mehr und nicht weniger. Das können wir in der Bibel nachlesen: „Denn was wir sind, ist Gottes Werk; er hat uns durch Jesus

Christus dazu geschaffen, das zu tun, was gut und richtig ist. Gott hat alles, was wir tun sollen, vorbereitet; an uns ist es nun, das Vorbereitete auszuführen" (Epheser 2,10; NGÜ). Das finde ich sehr beruhigend. Ich muss nicht mehr tun, als Gott mir vor die Füße legt. Er hat mir ganz bestimmte Gaben geschenkt, die ich entdecken und dann für ihn einsetzen darf.

Wo hat Gott etwas für dich vorbereitet? Wo möchte er dich gebrauchen? Gibt es etwas, wo du dich einbringen könntest? Vielleicht ist eine alte Frau aus deiner Gemeinde krank, die du ein wenig aufmuntern könntest – mit einem Besuch oder einer lieben Karte? Oder du bietest einem Klassenkameraden, dem es gerade ziemlich schlecht geht, an, für ihn zu beten. Nein, die Not der ganzen Welt können weder du noch ich alleine in den Griff kriegen. Aber jede noch so kleine Tat ist wichtig und wertvoll. Stell dir vor, was für eine Bedeutung dein Hilfsangebot oder deine ermutigenden Worte für einen Menschen haben, der sie gerade gut brauchen kann! Ist das nicht wundervoll?

DO IT yourself

Einen Ermutigungsbrief an einen verfolgten Christen schreiben

Wenn du gerade keine andere Idee hast, wie du jemandem ganz konkret helfen kannst, habe ich einen Vorschlag für dich: Wie wäre es, wenn du einen Christen in einem anderen Land, der wegen seines Glaubens verfolgt wird, ermutigst, nicht aufzugeben und trotz der Gefahren weiterhin an Jesus Christus festzuhalten?

Auf der Internetseite des christlichen Hilfswerks „Open Doors“ findest du alle Infos zum Thema, also wie du einen solchen Brief schreiben kannst und was du dabei berücksichtigen solltest (siehe → www.opendoors.de/aktiv-werden/schreibaktionen/schreiben/). Mach dir bewusst, wie sehr sich diese eine Person freuen würde und wie das ihre Situation verändern könnte.

Immer cool sein ist out

Durchforsche mich, o Gott,
und sieh mir ins Herz,
prüfe meine Gedanken und Gefühle!

PSALM 139,23; HFA

Es ist Montagfrüh, du stehst auf. Eigentlich geht es dir ziemlich mies, du hast ein wenig Angst vor der Klassenarbeit und magst dich gerade auch nicht so richtig. Aber du schaust in den Spiegel und setzt einfach dein Grinsen auf. Du schminkst dich und kämmst deine Haare. Dann ziehst du deine neue Jeans an und das Shirt, das du letztens beim Shopping ergattert hast. Dazu die coolen Sneakers und dann geht's auch schon los. Kaum bist du in der Schule angekommen, geht dir auch schon eine Mitschülerin tierisch auf die Nerven, weil sie nur über andere ablästert. Aber du sagst nichts und versuchst, ganz locker zu bleiben. Auch bei der Klassenarbeit, und das, obwohl du das Gefühl hast, dass es gar nicht gut läuft. Als du heimkommst, merkst du, wie müde und gestresst du eigentlich bist. Am liebsten würdest du heulen, aber nein, du willst nicht emotional werden. Du willst cool sein. Deine Mutter fragt dich, wie es dir geht, und du sagst: „Alles gut."

Vielleicht kennst du solche Zeiten? Du willst unter keinen Umständen schwach rüberkommen. Du willst unter keinen Umständen dein wahres Gesicht zeigen: deine Gefühle, deine ehrlichen Gedanken. Nein, das muss niemand sehen. Denn was würden dann die anderen sagen? Was würden deine Mitschüler sagen, wenn du plötzlich echt und ehrlich wärst? Wenn du Mitleid hättest mit dem Außenseiter? Wenn du nicht mehr über andere Leute lästern würdest, die nicht in eurer Clique sind? Wenn du einfach echt wärst? Ja, was würden sie dann sagen? Oh nein, bloß nicht so was, das Risiko ist doch viel zu groß … Vielleicht hast du Angst, dass deine Freunde dann auf dir rumhacken, dir den Rücken kehren.

Aber weißt du was? Du darfst echt sein. Wenn du deine Gefühle hinter einer coolen Fassade versteckst, fehlt so viel von dir. Du hast mit deinen Gefühlen so viel zu geben. Denn Gefühle sind ein Ausdruck von Lebendigkeit. Menschen, die keine Gefühle zeigen, wirken schnell kalt und unnahbar, distanziert und abgeklärt. Menschen, die Gefühle zeigen, wirken daher echt. Aber ja – nicht in allen Situationen muss man Gefühle nach außen tragen. Gerne möchte ich dir drei Gedanken weitergeben, wie ein guter Umgang mit Gefühlen aussehen kann.

Übe, vor Gott echt zu sein

David war jemand, der superehrlich mit Gott redete. Manchmal sagte er ihm Dinge über andere Menschen, wo man erst mal kurz schlucken muss. Zum Beispiel bat er Gott, die feindlich gesinnten Völker „mit einem eisernen Zepter zu zerschlagen und sie wie Töpfe zu zerschmeißen“ (nachzulesen in Psalm 2,9). Ist das dein Ernst, David? Das sagst du Gott? Ach du große Güte. Vor Gott musst du doch den netten Schwiegersohn spielen und brav sein, oder etwa nicht? Nein, David weiß, dass Gott alles sieht und auch von jedem Gefühl in seinem Herzen weiß. Warum es also dann nicht auch Gott sagen und seine Gefühle vor ihm ausbreiten? David fühlt sich bei Gott ganz sicher und geborgen. Er weiß, dass Gott ihn nicht ablehnen wird, wenn er ehrlich alles vor ihm auspackt. Was für eine große Freiheit!

Verdränge deine Gefühle nicht

Egal, ob du dich gerade abgelehnt fühlst oder traurig bist, dir zum Lachen ist oder du einen großen Frieden in dir spürst: Nimm deine Gefühle wahr. Sie offenbaren deine Seele und verraten sehr viel über dich. Wenn du positive Gefühle wie Freude, Frieden, Euphorie und Dankbarkeit erlebst, genieße sie – und teile sie mit anderen Menschen. Vielleicht werden durch deine Freude auch andere fröhlich oder durch deinen inneren Frieden auch andere ein wenig gechillter. Und wenn du grad negative Gefühle in dir hast, dann nehme auch diese wahr. Alles hat seine Zeit – auch Traurigkeit, Angst, Wut und Ärger. Wisch nicht einfach drüber wie auf deinem Smartphone, wenn du das nächste Video angucken willst. Sondern frage dich, warum du dich gerade so fühlst. Vielleicht ist es dran, etwas mit einer Freundin zu klären, sich bei jemandem zu entschuldigen oder aktiv ein bestimmtes Problem anzugehen?

Wer dich nur in „cool" toll findet, mag dich nicht wirklich

Möglicherweise hast du Angst, dass jemand dich nicht mehr mag, wenn er dein wahres Ich kennenlernt und von deinen Gedanken und Gefühlen weiß. Oder du dann nicht mehr zur Clique gehören wirst. Aber weißt du: Wer dich nicht mit deinen Gefühlen mag, mag dich nicht wirklich. Wenn du immer nur gut drauf sein musst, dann mag jemand nur die eine Seite von dir, aber nicht dich als komplette Person. Sei echt und schau, wer deine wahren Freunde sind. Jesus hat dich geschaffen – mit deinen Gefühlen und mit deiner Lebendigkeit. Verstecke sie nicht – lebe sie.

DO IT yourself

Smile to go

Gefühle sind nichts, wofür du dich schämen musst. Damit drückst du aus, wie es dir grad geht. Bastele dir doch ein paar „Emojis to go", die du überall mitnehmen oder auch verschenken kannst. Wie das geht? Forme aus gelbem Fimo ein paar Kügelchen und füge je nach Emoji-Vorliebe den jeweiligen Gesichtsausdruck hinzu – sowie das passende Accessoire. Verwende zum genauen Formen und Ansetzen der Kleinteile am besten einen Zahnstocher. Backe deine Emojis anschließend im Backofen. Zum Schluss kannst du sie noch mit einem weißen oder schwarzen Edding bemalen. Die roten Bäckchen bekommst du prima mit einem Filzstift hin – einfach ein wenig auftragen und dann etwas verwischen. Bilder und genauere Anleitungen findest du auf dem Blog „Sammydemmy" unter http://sammydemmy.de/smile-to-go. Viel Spaß beim Basteln!

490-mal Vergebung

Da wandte sich Petrus an Jesus und fragte ihn: „Herr, wie oft muss ich meinem Bruder oder meiner Schwester vergeben, wenn sie mir Unrecht tun? Ist siebenmal genug? „Nein“, antwortete ihm Jesus. „Nicht nur siebenmal, sondern siebzigmal siebenmal“.

MATTHÄUS 18,21–22; HFA

Kein Mensch ist perfekt. Es gibt keinen Menschen, der niemals Fehler macht, niemals andere verletzt. David schreibt in einem seiner Psalmen: „Da ist wirklich keiner, der Gutes tut, nicht ein Einziger!“ (Psalm 53,4b; Hfa). Ups, das ist ja mal eine Aussage. Ein wirklich steiler Satz. Es gibt keinen einzigen Menschen, der Gutes tut?! Nun weiß man nicht, was passiert war, als David diese Worte schrieb. Vielleicht war er gerade von vielen Menschen enttäuscht worden und hatte plötzlich diesen Aha-Effekt, dass er selbst ja auch nicht viel besser ist? Vielleicht ist ihm klar geworden, dass jeder Mensch ein Sünder ist und Fehler macht – und das kleine Bisschen an Gutem, das er tut, noch nicht einmal erwähnenswert ist.

Wenn ich ehrlich zu mir bin, stelle ich fest: Ja, ich bin so – ein Mensch mit Fehlern. Mir fallen gleich viele Situationen ein, in denen ich mich vor mir selbst erschrocken habe. Vor meinen Gedanken, vor meinen Gefühlen. Bin ich wirklich so schlecht? Ja – ich bin so. Leider. Ich bin ein Mensch und Menschen verhalten sich immer wieder schlecht. Das soll keine Ausrede oder billige Entschuldigung sein – aber das ist die Realität. Und genau das darf ich annehmen und akzeptieren. Wenn jeder Mensch so ist, ist es nur logisch, dass es immer wieder zu Streit und Konflikten kommt. Vielleicht kannst du dich an Momente erinnern, in denen du so richtig sauer auf eine Freundin warst und gedacht hast: *Boah, wie kann sie so etwas hinter meinem Rücken sagen?* Oder: *Warum hat sie das Geheimnis einer anderen Freundin erzählt?* Vielleicht hast du auch schon mal erlebt, dass jemand dein Herz gebrochen hat und du lange damit zu kämpfen hattest. Vielleicht hattest du mit deinen Eltern schon mal richtig heftigen Streit, weil sie deine Geschwister bevorzugt behandelt haben oder du das Gefühl hattest, sie nehmen dich nicht ernst. Unsere Eltern, Geschwister, unsere Freunde und auch wir selbst machen immer wieder Fehler. Niemand ist perfekt.

Weil niemand perfekt ist, haben wir alle es bitternötig, aus der Vergebung zu leben. Genauso, wie ich selbst von anderen Menschen erwarte, dass sie mir einen Fehler verzeihen, bin auch ich immer wieder herausgefordert, anderen zu vergeben. Vergebung bedeutet, dass ich eine bestimmte Sache, die jemand mir angetan hat, loslasse und diese Sache der betreffenden Person nicht nachtrage. Vergebung bedeutet, dass ich das, was jemand mir angetan hat, bei Gott loslasse. Wer vergibt, der signalisiert dem anderen damit: „Ja, du hast mich mit deinem Verhalten verletzt. Aber unsere Beziehung soll das ab jetzt nicht mehr negativ beeinflussen." Nein, vergeben heißt nicht, dass ich alles Negative vergesse. Manchmal klappt es vielleicht, dass wir etwas vergessen, aber manchmal auch nicht. Schließlich haben manche Verletzungen die Kraft, uns zu prägen, und wir brauchen vielleicht sehr lange, um eine Sache zu verarbeiten und eine tiefe Wunde heilen zu lassen. Wer vergibt, tut in erster Linie sich selbst etwas Gutes. Er entscheidet, sich nicht mehr von Wut und Ärger gefangen nehmen zu lassen. Er hört auf, den anderen zu hassen – weil der Hass ihn selbst kaputtmacht. Wenn wir loslassen und vergeben, dann erleben wir, wie ein ganz neuer Frieden in unser Herz hineinkommt und wir ruhig werden.

Petrus fragte Jesus einmal: „Herr, wie oft muss ich meinem Bruder oder meiner Schwester vergeben, wenn sie mir Unrecht tun? Ist siebenmal genug?" (Matthäus 18,21, Hfa). Ich stelle mir Petrus als einen sehr redseligen Typen vor. Vermutlich hat er immer wieder seine Gedanken mit Jesus geteilt. Und jetzt kommt er mit dieser spannenden Frage zu seinem Meister und denkt, dass siebenmal viel ist und Jesus sagen wird: „Ach nein, Petrus, man muss es ja nicht übertreiben. Dreimal reicht völlig aus." Aber nein – Jesus fordert Petrus heraus: „Ich sage dir: nicht siebenmal, sondern siebzigmal siebenmal)." (Matthäus 18,22; LU). Krass, oder? 70 x 7 sind 490. Vierhundertneunzig Mal sollen wir unseren Nächsten vergeben. Irre. Jesus nennt diese große Zahl, um uns vor Augen zu führen, was er von uns erwartet: Großzügigkeit. Bei 490 ist dann noch immer nicht Schluss. Es geht Jesus letztlich nicht um einen Zahlenwert, sondern um unsere Haltung. Wie beruhigend ist es, dass wir das nicht aus eigener Kraft hinkriegen müssen! Gott will uns dabei helfen, anderen zu verzeihen – ohne dass wir dabei eine Strichliste führen. In Kolosser fordert er uns geradezu heraus: „Wie der Herr euch vergeben hat, so vergebt auch ihr!" (Kolosser 3,13; LU). Wenn wir uns bewusst machen, dass Gott uns auch zum x-ten Mal vergibt, kann uns das helfen, unseren Mitmenschen zu vergeben.

DO IT yourself

Gedankensteine loswerden

Manchmal ist es so, dass wir von ganzem Herzen vergeben *wollen*. Der Wille ist da, aber wir schaffen es nicht, die Sache bei Gott zu lassen, und beschäftigen uns weiterhin gedanklich damit. Führe dir doch mal bildlich vor Augen, dass du die Sache Gott vor die Füße wirfst und sie auch dort lässt: Suche dir einen großen Stein. Und dann geh damit zu einem See oder Fluss, rede mit Gott darüber, was du loslassen willst, und dann lass den Stein ins Wasser fallen – als Zeichen dafür, dass du vergeben willst. Lass dir Zeit dabei und verinnerliche dir dieses Bild. Gott wird sich jetzt um die Sache kümmern, du kannst wieder frei sein!

Du bist bedingungslos geliebt

Wenn das nun aber aus Gnade geschah,
dann geschah es nicht aufgrund
von irgendwelchen Leistungen;
sonst wäre ja Gnade keine Gnade mehr.

RÖMER 11,6; NGÜ

„Du bist von Gott bedingungslos geliebt." Ein Satz, den du vermutlich schon öfter gehört hast. Auch ich habe ihn schon unzählige Male in Gottesdiensten und auf Events gehört, in Büchern gelesen und im Lobpreis von Gott zugeflüstert bekommen. Die Liebe Gottes hat mich schon häufig tief berührt und sogar zum Heulen gebracht – vor Freude natürlich. Manchmal hat mich diese Liebe auch aufgewirbelt, so, wie wenn ein junger Mann seine Freundin an einem schönen Sommertag hochhebt und sie herumwirbelt. Und andere Male hat sich Gottes Liebe zärtlich auf mein Herz gelegt, so wie sich frischer Morgentau auf die Wiesen legt. In all diesen besonderen „Gottesmomenten" hat dieser Satz meine Seele neu beflügelt. Ja, ich, Nelli, bin zutiefst von Gott angenommen und geliebt. Das ist die Wahrheit, an die Gott mich immer wieder erinnert.

Und ja – wenn es mir gut geht und mein Leben läuft und ich mit den Menschen um mich herum in Frieden lebe, dann fällt es mir nicht schwer, diese Liebe von Gott anzunehmen. Wenn ich aber mit jemandem Stress habe, mich gerade selbst nicht schön finde, überfordert bin oder sich in mir das Gefühl breitmacht, dass ich nach Strich und Faden versagt habe, dann kann ich seine Liebe nicht so richtig an mich ranlassen. Dann stelle ich mich gerne freiwillig ins Fadenkreuz und nehme es hin, dass mich unzählige spitze Pfeile treffen. „Ich bin halt eine völlige Versagerin." „Ich kriege nie etwas hin." „Ich habe es einfach nicht drauf." „Ich bin ein Looser." „Ich bin blöd und unfähig."

Tja, und wenn ich dann schon fröhlich dabei bin, mich niederzumachen, dann gesellt sich schnell noch der Teufel dazu, der dieses Spiel leidenschaftlich gern mitspielt – und noch mehr negative Gedanken obendrauf packt. Oh ja, Menschen niedermachen, das kann er richtig gut! In solchen Momenten gelingt es mir dann immer weniger, Gottes Liebe anzunehmen. Ich soll bedingungslos geliebt sein? Das klingt zu schön, um wahr zu sein. Wenn ich beispielsweise irgendwo versagt habe, denke ich sehr schnell, dass Gott mich mit seiner Liebe nicht meinen kann. Oder dass Gottes Liebe nur dann für mich gilt, wenn bei mir alles läuft und ich zufrieden mit mir bin.

Aber Moment mal: Für erfolgreiche Momente braucht es doch keine bedingungslose Liebe, oder? Bedingungslose Liebe brauche ich doch gerade dann, wenn ich es verbockt habe. Ich brauche diese Liebe doch gerade dann, wenn ich sie mir nicht verdiene!

„Wenn [Gottes Gnade] aber ein unverdientes Geschenk war, dann hatte es nichts mit eigenen Leistungen zu tun. Sonst wäre ja sein Geschenk nicht mehr unverdient!", schreibt Paulus (in Römer 11,6; Hfa). Wenn Gott uns etwas schenkt, erwartet er keine Gegenleistungen. Seine Liebe zu uns ist ein Geschenk. Er knüpft es nicht an irgendwelche Bedingungen. Es gibt da nirgendwo eine Klausel im Kleingedruckten, so ähnlich wie bei einem Handyvertrag, wo vermerkt ist, unter welchen Voraussetzungen der Tarif gilt.

Über die Sache mit dem unverdienten Geschenk von Gott hat vor über fünfhundert Jahren der Bibelübersetzer und Reformator Martin Luther intensiv nachgedacht. Er rang persönlich mit der Frage, wie er Gott positiv stimmen kann – angesichts der Tatsache, dass er als Mensch immer wieder scheiterte. Als er gründlich den Römerbrief studierte, verstand er plötzlich, was er tun musste, um Gottes Freundlichkeit zu bekommen: nichts. Er begriff, dass die Gnade von Gott ein Geschenk ist, das man einfach dankbar annehmen darf. Die Erkenntnis, dass er nichts reißen kann, um Gott von sich zu überzeugen, war sein persönlicher Startpunkt in eine ganz neue Gottesbeziehung.

Gott liebt uns auch dann, wenn wir gerade nicht so sind, wie wir in seinen Augen sein sollten. Aber besonders in Momenten, in denen wir denken, wir hätten seine Liebe nicht verdient, können wir uns daran erinnern, dass seine Liebe ein *Geschenk* ist. Gerade dann haben wir sie nämlich besonders nötig – und gerade dann will er sie uns auch geben.

DO IT yourself

Herz-Kekse backen

Immer wieder brauchen wir und andere Menschen die Erinnerung, dass Gott uns wirklich bedingungslos liebt. Wie wäre es, wenn du einige Menschen daran erinnerst? Back doch einfach leckere Herz-Kekse mit Botschaft, die du dann anschließend verteilst. Hier ein Rezept für zwanzig Herzen. Meine Freundin hat das Rezept ausprobiert und mir auch welche zum Kosten gegeben. Und wir sind uns einig: Die Kekse schmecken himmlisch gut. ☺

Zutaten:

- 200 g Butter
- 1 Päckchen Vanillezucker
- 150 g Zucker
- 1 Ei
- 325 g Mehl
- 100 g Speisestärke

So wird's gemacht:

1. Zucker, Vanillezucker, Speisestärke und Mehl vermischen, Butter in kleinen Stücken hinzufügen und das Ei hinzugeben. Mit einem Handrührgerät (Knethaken) alles zusammen kurz verkneten.
2. Nun alles auf eine Arbeitsplatte geben und mit den Händen zu einem Knetteig verarbeiten (durch die Handwärme entsteht ein schöner Teig, der nicht kleben sollte). Dieser Teig wird mit ein wenig Mehl auf der Arbeitsplatte ausgerollt.
3. Mit einem Ausstecher Herzen ausstechen und auf das Backblech legen.
4. Die Kekse für ca. 12 Minuten bei 200 Grad backen.
5. Wenn die Plätzchen abgekühlt sind, rühre ein wenig Puderzucker mit Rote-Beete-Saft oder roter Lebensmittelfarbe an und streiche sie mit einem Backpinsel auf die Herzen. Gut trocknen lassen. Dann kannst du die Kunstwerke in Klarsichtfolie einpacken und mit einer kleinen Karte versehen, auf der steht: „Gott liebt dich bedingungslos". Alternativ dazu kannst du vor dem Backen je ein kleines Loch in die Herzen stechen und durch die fertigen Kekse eine Kordel oder ein Band ziehen – mit einem kleinen Erinnerungskärtchen daran.

Viel Spaß beim Nachdenken über Gottes Liebe und beim Verschenken der Herz-Kekse!

Zitronentage

Wir wissen aber, dass denen,
die Gott lieben,
alle Dinge zum Besten dienen.

RÖMER 8,28; LU

Hast du manchmal den Eindruck, dass dein Leben einfach nur anstrengend ist? So sauer wie eine Zitrone? Vielleicht läuft es in der Schule gerade nicht so richtig. Oder die beste Freundin meldet sich plötzlich nicht mehr bei dir. Vielleicht bist du auch gefrustet über die drei Kilo zu viel auf der Waage. Oder aber du bist momentan nicht so richtig glücklich und weißt auch nicht, woran das liegen könnte. Ja, es gibt wirklich viele Gründe, warum wir immer wieder „Zitronentage" erleben, an denen einfach alles einen sauren Geschmack zu haben scheint.

Ich kenne das ziemlich gut. Es ist selten alles perfekt. Es gab in meinem Leben schon so einige Momente, in denen ich mich überfordert fühlte – von den vielen Aufgaben auf meiner To-do-Liste, von den vielen Menschen um mich herum, von den vielen Eindrücken, die auf mich eingeprasselt sind. Und an manchen Tagen musste ich gegen starke Kopfschmerzen ankämpfen und habe mich schlapp gefühlt. Und dann erinnere ich mich an Zeiten, wo ich mich einfach ganz allgemein unwohl gefühlt habe. An Zeiten, in denen ich mich nach einem Freund gesehnt habe und so traurig darüber war, dass die Sache mit der Partnersuche schwieriger war, als ich gedacht hatte. Und ja, es gab auch Momente, wo ich mich so richtig geärgert habe, zum Beispiel, als jemand die Reifen meines Autos zerstochen hat. Als genau dasselbe eine Woche später wieder passierte, war ich erst recht sprachlos und wütend.

Das Leben könnte doch so schön sein, oder?! Warum nur gibt es so vieles, das uns die Freude raubt? Und warum schreibt Paulus (in Römer 8,28a): „Wir wissen aber, dass denen, die Gott lieben, alle Dinge zum Besten dienen"? Wie kann er nur so etwas sagen? Und überhaupt: Es wäre doch so viel einfacher, wenn jeder Tag schmecken würde wie eine Kugel Erdbeereis: schön fruchtig und cremig, nach Sommer, guter Laune und nach Glück. Warum nur gibt es nicht jeden Tag Erdbeereis? Warum liegt immer wieder eine Zitronenscheibe auf meinem Teller, obwohl sie mir absolut nicht schmeckt?! Und warum soll mir die Zitrone zum Besten dienen?

Hm, ich glaube, dass jeder Mensch Zitronen dringend nötig hat – dass sie unserer Persönlichkeit sehr guttun. Willst du wissen, was ich tue, wenn ich eine Zitrone auf meinem Teller liegen habe? Na ja, zuerst ärgere ich mich voll darüber. Und mache mir darüber vielleicht sogar viele Gedanken. Ja, und dann … gehe ich raus. Dann mache ich einen Gebetsspaziergang mit Jesus. Oder ich gehe in meinen Gebetsraum und schütte Gott mein Herz aus. Oder schnappe mir meine Bibel und fange an, darin zu lesen, oder höre mir eine Predigt an. In diesen Zeiten bin ich oft sehr sensibel. Ich höre dann in Predigten noch genauer hin als sonst. Ich bin im Lobpreis (wenn ich mich dazu überwinden kann zu singen …) noch aufmerksamer als an gewöhnlichen Sonntagen. Ja, ich brauche gerade an „Zitronentagen" Gott noch mehr als an „Erdbeereis-Tagen". In Zeiten, die einen sauren Geschmack haben, wird mir noch einmal ganz deutlich bewusst, dass ich mein Leben niemals alleine hinkriegen kann. Dann erkenne ich, wie unglaublich abhängig von Gott ich bin. Das Leben ist einfach zu kompliziert, zu herausfordernd, als dass ich es so locker-flockig ohne Gottes Hilfe schaffen könnte.

Ich kann mir gut vorstellen, dass auch Paulus, der Autor des Römerbriefs, genau das auf dem Herzen hatte, als er den Vers oben schrieb. Paulus hat Sachen erlebt, die vermutlich noch wesentlich herausfordernder waren als das, was ich als Herausforderungen erlebe. Er hat auf seinen Missionsreisen so viel Schweres erlebt, und ich kann mir vorstellen, dass gerade diese harten Zeiten ihn näher zu Gott getrieben haben und seinen Glauben wachsen ließen. An einer Stelle schreibt er:

Fünfmal haben die Juden mir neununddreißig Hiebe verabreicht. Dreimal wurde ich ausgepeitscht. Einmal wurde ich gesteinigt. Ich habe drei Schiffbrüche überlebt. Einmal verbrachte ich eine ganze Nacht und einen Tag auf dem Meer treibend. Ich habe viele beschwerliche Reisen unternommen und war unzählige Male in großer Gefahr: ob durch Flüsse oder durch Räuber, ob durch mein eigenes jüdisches Volk oder durch Nichtjuden, ob in Städten, in der Einöde oder auf stürmischer See oder durch Leute, die sich als Anhänger von Christus ausgaben, es aber nicht waren. Ich habe Erschöpfung und Schmerzen und schlaflose Nächte kennengelernt. Oft litt ich Hunger und Durst und habe gefastet. Oft habe ich vor Kälte gezittert und hatte nichts, um mich warm zu halten.
2. Korinther 11,24–27; NL

Krass, oder? Gleichzeitig war das Leben von Paulus mitten in diesen extremen Zeiten voller Erfahrungen mit Gott. Gott hat ihn gebraucht, um wichtige Briefe zu verfassen, die wir heute im Neuen Testament lesen können. Paulus hat mit der Kraft, die Gott ihm gegeben hat, viele Gemeinden aufgebaut. Über die Herausforderungen, die er erlebte, schrieb er: „… trotz aller Schwierigkeiten bin ich getröstet, und meine Freude ist unbeschreiblich groß“ (2. Korinther 7,4b; Hfa). Paulus erlebte inmitten der Schwierigkeiten Freude! Und diese Freude war ganz unabhängig von den Umständen. Genau diesen Gedanken greift auch der Apostel Jakobus auf: „Seht es als einen ganz besonderen Grund zur Freude an, meine Geschwister, wenn ihr Prüfungen verschiedenster Art durchmachen müsst. Ihr wisst doch: Wenn euer Glaube erprobt wird und sich bewährt, bringt das Standhaftigkeit hervor. Und durch die Standhaftigkeit soll das Gute, das in eurem Leben begonnen hat, zur Vollendung kommen“ (Jakobus 1,2–3; NGÜ). Was für eine starke Aussage!

Gott will uns in schwierigen Zeiten stark machen. Daran zu glauben ist nicht einfach, aber ich möchte an Zitronentagen darauf vertrauen, dass er es gut mit mir meint und bei mir ist. Und du?

DO IT yourself

Leckere Zitronenlimonade

Gerade von Glaubensvorbildern wie Paulus und Jakobus können wir lernen, dass es sich lohnt, sich in herausfordernden Zeiten fest an Jesus zu halten, mit ihm Zeit zu verbringen und zusammen mit ihm diese Zeiten anzupacken. Dann wird aus Zitronen leckere, süße Zitronenlimonade! Denke doch das nächste Mal daran, wenn du wieder vor einer kleinen oder großen Herausforderung stehst. Und mixe dir deine eigene Zitronenlimo! Hier das Rezept für den Erfrischungstrunk, der prima geeignet ist für einen heißen Sommertag! Meine Freundin Angi hat die Limo getestet und fand sie sehr erfrischend!
Du brauchst: 4 Zitronen, 50 g Zucker, 100 ml heißes Wasser, 3/4 Liter kaltes Wasser, eine Prise Salz, Eiswürfel.

Und so wird's gemacht:

- Zitronen auspressen
- den Zucker in ein Glas füllen und mit dem heißen Wasser übergießen; umrühren, bis das Wasser klar ist
- zusammen mit dem Zitronensaft in eine Karaffe geben und mit dem kalten Wasser aufgießen

- ein wenig mit Minze verfeinern
- eine Prise Salz zugeben (sonst wird die Limo später bitter) und mit Eiswürfeln servieren

Lass dir die Limo schmecken!

Tischgemeinschaft mit Jesus

Und als Jesus an die Stelle kam,
sah er auf und sprach zu ihm:
Zachäus, steig eilend herunter;
denn ich muss heute in deinem Haus einkehren.
Und er stieg eilend herunter und
nahm ihn auf mit Freuden.

LUKAS 19,5–6; LU

Ich liebe es, wenn ich Gäste habe und sie verwöhnen darf. Heute kommt eine sehr gute Freundin von mir zu Besuch und wird mit mir und meinem Mann einen schönen Abend verbringen. Wir werden gemeinsam was Gutes kochen – es gibt leckeres Curry und Salat. Anschließend wollen wir uns ein paar alkoholfreie Cocktails shaken und einfach quatschen, lachen und die Zeit genießen. Das wird wundervoll – ich freue mich schon riesig auf die schönen Stunden. Morgen Abend kommen auch einige Freunde zu uns, zu einem gemütlichen Spieleabend. Ich liebe es, Zeit mit Freunden zu verbringen und gemeinsam das Leben zu teilen, Spaß zu haben – und auch füreinander da zu sein, wenn es gerade irgendwo Herausforderungen gibt. Das tut so gut!

Freundschaften sind Gold wert. Ich glaube, dass gute Freundschaften zu einem erfüllenden Leben dazugehören. Gott hat uns als Gemeinschaftswesen geschaffen. Das wird daran deutlich, dass wir aus guten Zeiten mit Freunden Kraft ziehen. Auch Jesus war gerne und oft mit Menschen zusammen. In der Bibel kannst du nachlesen, dass er sehr oft mit Menschen geredet und viel Zeit mit ihnen verbracht hat. Mit seinen Jüngern war er beispielsweise sehr oft unterwegs und hat eine ganze Menge mit ihnen erlebt. Und er wurde oft von Leuten eingeladen, die ihn gerne bei sich zu Gast haben wollten. Ich denke da gerade an Zachäus, den Zolleinnehmer, oder an die Freunde von Jesus, die in Bethanien wohnten: Maria, Martha und Lazarus. Und natürlich war Jesus auch auf Festen gerne gesehen – die Hochzeit zu Kana hatte er durch die wundersame Weinvermehrung ja noch einmal ordentlich aufleben lassen. Ich glaube, dass Jesus wirklich ein geselliger Mensch war, mit dem das Zusammensein richtig Freude gemacht hat. Und für viele Menschen war die Begegnung mit Jesus zutiefst heilsam, weil er mit ihnen über ihre Nöte gesprochen hat und für sie da war. In der

Bibel kann man an vielen Stellen lesen, dass Menschen nach einer Begegnung mit Jesus verändert nach Hause gegangen sind: geheilt, frei von Schuld oder Sorgen, wieder ganz im Reinen mit sich selbst. Voll schön, oder?!

Stell dir doch mal vor, Jesus würde bei dir am Tisch sitzen und den Abend mit dir und deinen Freunden verbringen. Stell dir vor, er würde die Zeit mit euch zu einer ganz besonderen machen. Wäre es nicht schön, seine Freude zu erleben, sein Lachen, seine Liebe, seinen sanften Trost und Zuspruch? Das wäre schön. Und genau das kann auch ganz real werden! Wenn Menschen zusammen sind, die Jesus lieb haben, dann ist auch Jesus mit dabei. Dann wird Gott durch sie die Gemeinschaft bereichern – und mit seiner heilenden Kraft und seiner überfließenden Liebe in diese Gemeinschaft hineinwirken. Ist es nicht genial, dass du selbst es bist, in der Jesus wohnt? Durch dich will Jesus die Zeit mit deinen Freunden segnen und bereichern, vielleicht mit einem lieben Wort, mit einer Ermutigung, mit einem Gebet. Und er wiederum gebraucht die anderen, damit sie dich aufbauen, mit Freude und neuem Mut beschenken. Also: Wenn du das nächste Mal deine Freunde einlädst, dann lade auch bewusst Jesus mit an deinen Tisch ein!

DO IT yourself

Ermutigende Tischdeko für deine nächste Party

Hier ein Tipp, wie du bei deiner nächsten Party Jesus ganz bewusst in den Mittelpunkt stellen kannst: Bastele eine hübsche Deko für jeden Teller, die jeweils mit dem Namen der Person versehen ist. Im Sommer kannst du eine Zitronendeko kreieren: einfach um jede Zitrone einen schmalen Streifen Papier als Banderole kleben. Auf diesen Papierstreifen schreibst du vorher den Namen deines Gastes und eine ermutigende Bibelstelle. Also zum Beispiel: „Anna – Psalm 23,1“. Im Herbst könntest du statt der Zitronen schöne, bunte Herbstblätter nehmen und darauf mit einem goldenen Dekomarker oder einem schwarzen, wasserfesten Stift Name und Bibelstelle schreiben. Im Winter holst du dir einfach eine Packung Zimtsterne, pikst in jeden Stern einen Zahnstocher, an dem du vorher ein beschriebenes Papierfähnchen befestigt hast. Und im Frühling nimmst du bunte Ostereier, die du genau wie die Zitronen mit Papierbanderolen verzierst ... Lass deine Kreativität fließen! Lade auf diese Weise Jesus ein, Teil eurer Tischgemeinschaft zu sein. Deine Freunde werden sicherlich neugierig sein zu erfahren, was sich hinter „ihrer“ Bibelstelle verbirgt – und vielleicht ergibt sich ja die Gelegenheit, dass ihr zusammen die Stellen in der Bibel oder in deiner Bibel-App nachschlagen könnt.

Hier ein paar Anregungen für ermutigende Bibelstellen: 5. Mose 31,8; Jesaja 40,31; Josua 1,9; Psalm 118,6; Sprüche 14,29; Matthäus 11,28; Johannes 14,6; 1. Korinther 15,58; 1. Korinther 16,13; Thessalonicher 5,11; 1. Petrus 5,7.

Wir sind eine Familie

Deshalb habe ich ihnen auch die Herrlichkeit
gegeben, die du mir anvertraut hast,
damit sie die gleiche enge Gemeinschaft
haben wie wir. Ich bleibe in ihnen,
und du bleibst in mir. Genauso sollen
auch sie vollkommen eins sein.
Dann wird die Welt erkennen,
dass du mich gesandt hast und
dass du meine Jünger liebst, wie du mich liebst.

JOHANNES 17,22–23; HFA

Nicht alle, aber durchaus einige Christen glauben, dass nur sie mit ihrem Glauben komplett richtig liegen, dass nur ihre Glaubensrichtung oder ihre Gemeinde hundertprozentig nach Gottes Willen lebt. Einige glauben sogar, dass nur Menschen, die mit ihnen zu hundert Prozent alle theologischen Lehrmeinungen teilen, die Ewigkeit bei Jesus erleben werden.

„Nur wenn du als Frau einen Rock trägst, dann wirst du die Ewigkeit bei Jesus verbringen."

„Nur wenn du in Zungen sprechen kannst, dann bist du gerettet."

„Nur wenn du als Erwachsener getauft bist, bist du gerettet."

Und so weiter und so fort. Manchmal werden in der eigenen Gemeinde bestimmte Dinge ganz besonders betont, und danach werden dann auch alle anderen Christen gemessen und bewertet: guter Christ oder schlechter Christ. Und im Extremfall wird ihnen sogar das ewige Leben bei Jesus abgesprochen. Irgendwie krass, oder?

Aber am Ende wird Gott allein entscheiden, wer mit ihm ewig leben darf. Und da werden für ihn einzelne Dinge, die wir in unseren Gemeinden so stark hervorheben, möglicherweise überhaupt keine Rolle spielen. Gott sieht vielmehr jedem von uns ins Herz. So steht es auch in der Bibel: „Ein Mensch sieht, was vor Augen ist; der Herr aber sieht das Herz an" (1. Samuel 16,7; LU). Gott weiß genau, welche Menschen ihn lieben und welche vielleicht nur ein Leben mit ihm vortäuschen. Er weiß genau, wer sein Leben auf Jesus ausrichtet und wer zwar Teil der Gemeinschaft ist, aber Jesus schon längst aus den Augen verloren hat.

Es geht Gott also gar nicht darum, dass wir Menschen und Gemeinden bewerten. Vielmehr wünscht er sich von uns, dass wir alle auf unser eigenes Herz achten und unsere Energie darauf verwenden, ihm nachzulaufen, uns damit zu beschäftigen, wie wir ihm noch ähnlicher werden können. Außerdem ist es sein Herzensanliegen, dass wir als „big family“ miteinander gut klarkommen. Gott kann mit unseren Unterschieden im Glauben viel besser umgehen als wir selbst. Genauso wie auch jeder Mensch nicht nur Stärken, sondern auch Schwächen hat, hat auch jede Gemeinde Stärken und Schwächen. Die einen lieben viel und nehmen es vielleicht mit der Wahrheit nicht so genau. Die anderen sind nur damit beschäftigt, sich von anderen Gemeinden abzugrenzen, und vergessen darüber, die Menschen zu lieben. Keine Gemeinde ist perfekt, weil sie aus unperfekten Menschen besteht. Und Gott baut sein Reich durch Christen, die unperfekt sind. Er lässt sich nicht ablenken von Äußerlichkeiten, von Fehlern oder Meinungsverschiedenheiten, sondern schaut direkt ins Herz. Und er sehnt sich danach, dass wir Christen Freundschaft mit anderen Christen schließen, die vielleicht so ganz anders ihren Glauben leben als wir. Denn wir gehören alle zu seiner großen Familie!

Dass andere Christen anders glauben als du, hast du vielleicht auch schon gemerkt. Gibt es in deinem Jugendkreis Leute, die beispielsweise eine Bibelstelle ganz anders verstehen als du? Oder kennst du Leute, die auf andere Dinge im Glauben Wert legen als du und deine Familie? Ist gar nicht so einfach, sie mit ihrer anderen Meinung stehen zu lassen und sich nicht darüber zu ärgern, oder? Ja, es ist nicht immer einfach zu ertragen, wenn man im Gespräch nicht auf einen gemeinsamen Nenner kommt, sich nicht auf ein „Richtig“ oder „Falsch“ einigen kann. Aber wir können uns darin trainieren, Christen mit einer anderen Meinung zu segnen und sie trotz der Unterschiedlichkeit zu lieben. Natürlich darfst du deine Meinung haben und auch dazu stehen, ohne Frage! Und dennoch darfst du lernen, entspannt mit anderen Ansichten umzugehen. Es ist so wichtig, dass wir zusammenhalten – denn daran erkennen Menschen, die nicht an Gott glauben, was uns Christen wichtig ist: die Liebe zu Gott und die Liebe zueinander.

DO IT yourself

Erkennungszeichen Fisch

Wusstest du, dass Christen ein Erkennungszeichen haben? Man sieht es immer wieder auf Autos oder auch als Schmuckanhänger: den Fisch. Er ist ein uraltes Symbol und stammt aus der Zeit der ersten Christen. Das griechische Wort für Fisch ἰχθύς (*ichthýs*) enthält ein kurzgefasstes Glaubensbekenntnis: „Jesus Christus, Gottes Sohn, Erlöser". Auf Griechisch ergeben die Anfangsbuchstaben dieses Bekenntnisses das Wort *ichthýs*. Der Fisch ist gewissermaßen das Symbol dafür, dass wir alle zusammengehören. Wenn du Lust hast, klebe dir doch einen Fisch-Aufkleber auf dein Stiftemäppchen oder dein Fahrrad oder flechte dir ein Armband, in das du eine Perle in Fischform hineinknüpfst. (Anleitungen für das Knüpfen oder Flechten eines Armbandes findest du auf YouTube.) Du kannst dir aber auch einfach ein gekauftes Fisch-Armband aus Leder oder Silikon besorgen. An dem Fisch können andere erkennen, dass du zur großen Familie Gottes gehörst – oder sie fragen dich vielleicht danach, was der Fisch bedeutet –, und du kannst von deinem Glauben erzählen.

Deine Freundin, Jesus und du

Wo zwei oder drei
versammelt sind in meinem Namen,
da bin ich mitten unter ihnen.

MATTHÄUS 18,20; LU

Kürzlich hielt ich ein Seminar zum Thema Freundschaft. Irgendwie hatte ich nicht allzu große Erwartungen, dass viele Jugendliche kommen würden. Aber ich hatte mich geirrt: Den zuvor für knapp 15 Leute gestellten Stuhlkreis musste ich schleunigst erweitern, als sich der Raum sekündlich füllte. Am Ende saßen knapp 50 Teens auf Stühlen – und Tischen! Das zeigte mir, dass es gerade in unserem Social-Media-Zeitalter großen Gesprächsbedarf über das Thema Freundschaft gibt. Interessant war für mich aber auch, dass viele der Jugendlichen in der Vorstellungsrunde äußerten, dass sie gerne erfahren wollen, wie Jesus mehr Raum in ihren Freundschaften bekommen könnte.

Ich habe mich über diesen Wunsch total gefreut. Schließlich ist mir bewusst: Wenn wir unseren Glauben mit Freunden teilen, dann macht das eine ganze Menge mit unserem Glauben! Wir werden inspiriert, wenn wir unsere Gedanken und Fragen mit unseren Freunden teilen. Und wenn wir uns mit Freunden intensiv über unsere Beziehung zu Jesus austauschen, kann unsere Freundschaft mit Jesus dadurch eine ganz neue Dimension bekommen. Hier ein paar praktische Tipps, wie Jesus mehr Raum in deinen Freundschaften bekommen könnte:

Tauscht euch ehrlich aus

Wofür schlägt dein Herz? Welche Träume hast du? Was erlebst du gerade mit Jesus? Wie geht es dir in deiner Beziehung zu Gott? An welcher Stelle willst du weiterkommen? Wenn in einer Freundschaft eine Vertrauensbasis da ist, kann ein ehrlicher Austausch über solche Fragen stattfinden. Im offenen Gespräch setzen wir uns mit wichtigen Fragen auseinander, suchen nach Antworten und gehen unseren Zweifeln im Glauben auf den Grund. Das prägt natürlich unsere Sicht auf Gott und unseren Glauben. Wenn in einer

Beziehung Vertrauen gewachsen ist, haben auch schwierige Themen Raum. Vielleicht haben sich deine Freundschaftsgespräche bisher hauptsächlich um YouTube-Videos, Klamotten und um die nächste Party gedreht? Habe Mut, auch Glaubensthemen anzuschneiden und komme mit deinen Freunden darüber ins Gespräch!

Betet füreinander

Ich schätze es sehr, dass man mit Freunden, die Jesus nachfolgen, auch gemeinsam beten kann. Wie schön ist es, wenn man mit guten Freunden einen tollen Tag verbracht hat und dann am Ende noch kurz füreinander betet. Unser letztes Silvester haben wir bei Freunden im Allgäu verbracht. Es waren drei Tage mit tollen Gesprächen und viel Spaß. Kurz vor der Heimfahrt haben wir uns eine halbe Stunde Zeit genommen, um füreinander zu beten. Neben all den schönen Erinnerungen an die gemeinsame Zeit bleibt mir dieser Moment ganz besonders in Erinnerung. Er hatte etwas Heiliges. Wie schön ist es, dass man Freunde Gott anbefehlen und sie in diesem Wissen, dass Gott sich um sie kümmern wird, verabschieden kann! Das empfinde ich als ein großes Privileg. Natürlich muss man nicht erst bis zum Abschied warten, um füreinander zu beten. Wenn man miteinander über Schwierigkeiten und Probleme redet – warum dann nicht auch dafür beten? Und wenn einer von euch etwas Schönes mit Gott erlebt hat – warum nicht auch gemeinsam Gott dafür danken? „Wo zwei oder drei versammelt sind in meinem Namen, da bin ich mitten unter ihnen“, sagt Jesus (Matthäus 18,20; LU). Das gilt auch für Freundschaften!

Gründet eine Zweierschaft

Vielleicht kommt dir ja jetzt eine bestimmte Freundin in den Sinn, mit der du dich schon richtig gut über den Glauben austauschen kannst – vielleicht habt ihr auch schon mal gemeinsam in der Bibel gelesen oder zusammen gebetet. Mein Vorschlag: Frag sie doch mal, ob sie Lust hätte, mit dir eine Zweierschaft zu starten. Eine Zweierschaft ist eine Minigruppe, die aus zwei Personen besteht und die sich regelmäßig trifft, mit dem Ziel, sich gegenseitig im Glauben zu ermutigen und zu fördern. So eine Zweierschaft kann man ganz unterschiedlich gestalten. Vielleicht habt ihr ein Thema auf dem Herzen, mit dem ihr euch gegenseitig herausfordern wollt – das euch anspornen soll, auf Gott zu schauen? Das kann der Umgang mit Problemen sein, das Thema Partnersuche oder ganz allgemein der Umgang mit Jungs. Vielleicht wollt ihr in eurer Zweierschaft aber auch euer Bibelwissen vertiefen und dadurch mehr über Gott lernen? Oder vor allem füreinander und für andere beten und erleben, was euer Gebet bewirkt? Wenn ihr eine Zweierschaft gegründet habt, trefft euch regelmäßig – am besten einmal pro Woche – und seid vertrauensvoll und ehrlich zueinander. Gott kann aus eurer Minigruppe viel machen und euch dadurch im Glauben weiterbringen.

Startet ein gemeinsames Projekt

Ein gemeinsames Herzensprojekt fördert eine Freundschaft sehr. Vielleicht schlägt euer Herz ja für ein und dieselbe Sache? Möglicherweise könnt ihr ja gemeinsam was auf die Beine stellen – einen evangelistischen Schülerbibelkreis etwa oder einen gemeinsamen Blog oder eine Spendenaktion zugunsten von Menschen in Not? Die gemeinsame Leidenschaft für eine Sache wird eure Freundschaft vertiefen und euch Gott näherbringen. Und wenn es zwischen euch zu Meinungsverschiedenheiten kommt, bleibt trotzdem dran, kämpft für die Sache, sucht immer wieder eine gemeinsame Basis. Das wird auch eine Menge mit eurer Freundschaft machen!

DO IT yourself

Das WhatsApp-Gebet

In welcher deiner Freundschaften könnte Jesus noch mehr Raum bekommen? Such dir eine Freundin aus und starte mit ihr das WhatsApp-Gebet. Tauscht euch zu Beginn der Woche kurz über WhatsApp aus, welche Anliegen ihr habt und wofür ihr füreinander beten könnt. Und dann sprecht euch doch gegenseitig ein Gebet als Sprachnachricht auf. Es ist ermutigend zu wissen, dass man eine Gebetspartnerin hat und sie im Gebet an einen denkt!

Worum drehen sich deine Gedanken?

Denn wo dein Schatz ist,
da ist auch dein Herz.

MATTHÄUS 6,21; LU

Ein Blick auf unsere Gesellschaft verrät mir, dass das Thema Lifestyle wichtiger denn je geworden ist. Viele Schnellrestaurants stylen sich um. Einer der größten Burger-Bräter präsentiert sich durch Werbung und Design so, als wäre es ein Bioladen. Auch Aldi-Supermärkte werden mehr und mehr umgestylt und bieten plötzlich ein stylisches Einkaufserlebnis. Auf Insta und Facebook kann man nicht mehr übersehen, wie eine große Zahl an Leuten sich intensiv mit „Pimpyourlife"-Artikeln, Stoffwechselkuren und Entschlackung beschäftigt. Alle scheinen nur noch Spinat-Smoothies zu trinken und Chia-Pudding zu essen. Gesund leben ist ein richtiger Trend und öko ist voll angesagt. Da werden plötzlich reihenweise Menschen Vegetarier, machen sich viele Gedanken um soziale Gerechtigkeit und um Fairness in der Gesellschaft, und wenn man dann Vegetarier geworden ist, dauert es nicht mehr lange, bis man den veganen Lifestyle für sich entdeckt. Vor vielen Jahren kannte ich nur eine einzige Frau, die sich vegan ernährte – und alle haben sich gedacht: *Puh, ob das gesund ist?* Heute ist es völlig anders. Die veganen Restaurants schießen wie Pilze aus dem Boden und überall gibt es in den Läden „vegane" Ecken.

Ich will hier gar nicht bestimmte Lebensweisen kritisieren, sondern dir nur die Veränderung in der Gesellschaft aufzeigen. Und nein – es ist überhaupt nichts dagegen einzuwenden, dass man sich bewusst ernährt und nicht jeden Kram in sich reinstopft. Es ist auch nichts dagegen einzuwenden, dass man Sport macht und Kondition und Muskeln aufbaut. Nein – das alles ist gut und richtig, weil unser Körper ja ein Geschenk von Gott ist und dementsprechend auch behandelt werden sollte.

Aber ich stelle fest, dass für manche Menschen Bewegung und Ernährung zum primären Lebensinhalt geworden sind. Ihnen geht es gar nicht mehr darum, ihrem Körper etwas Gutes zu tun und fit zu bleiben, um sich dann den wirklich wichtigen Dingen im Leben zuzuwenden. Sondern ihre Gedanken drehen sich nur noch um die Themen Abnehmen, Fitness, vegan und bio. Noch mal: Ich bin nicht gegen bio und einen gesunden Lebensstil. Das ist gut und wichtig. Doch ich sehe es kritisch, wenn diese Werte plötzlich über allem anderen stehen. All diese Dinge haben das Potenzial, zu einem Götzen zu werden. Götze klingt im ersten Moment so richtig altmodisch. Hallo? Ich habe doch keinen kleinen Buddha in meiner Wohnung stehen, den ich drei Mal am Tag anbete! Mein Chia-Pudding ist doch nicht mein Götze?! Und nein – keine Sache ist automatisch ein Götze. Ein Götze ist immer das, was mir wichtiger wird als Gott selbst. Beschäftige ich mich nur noch damit, wo ich faire Kleidung einkaufen kann, und lese ich nur noch in Blogs, wo ich die besten veganen Artikel bekommen? Fange ich an, alle Menschen, die sich nicht vegan (oder bio) ernähren, komisch anzuschauen und mich für etwas Besseres zu halten? Schaue ich auf Menschen herab, wenn sie nicht ins Fitness-Studio gehen? Dann könnte das ein Hinweis darauf sein, dass ich meinen Lifestyle zu meinem Lebensmittelpunkt gemacht habe. Wenn irgendetwas wichtiger wird als Gott, ist es zu einem Götzen geworden.

Jesus sagt in der Bergpredigt: „Denn wo dein Schatz ist, da ist auch dein Herz“ (Matthäus 6,21; LU). Frag dich doch mal: Was ist mein Schatz? Worum drehen sich all meine Gedanken? Was ist mir so wichtig, dass ich alles andere dafür fallen lassen würde? Ist es Gott – oder sind es andere Dinge, die mit ihm konkurrieren? Dinge, die unbemerkt zu Götzen in meinem Leben geworden sind? „Ihr sollt euch nicht mit anderen Göttern einlassen und euch keine Götzenstatuen anfertigen, denn ich bin der HERR, euer Gott!“ (3. Mose 19,4; Hfa), steht in den Zehn Geboten der Bibel. Gott ist eifersüchtig, wenn er feststellt, dass ihm jemand den ersten

Platz wegnimmt. Wenn er diesen ersten Platz hat, dann ist alles gut. Dann können wir auch Chia-Pudding essen und Spinat-Smoothies trinken, auf das Fairtrade-Siegel und das Bio-Label achten und in angemessener Weise Sport treiben. Wenn Gott den ersten Platz hat, dann wird er auch Einfluss nehmen auf alle anderen Bereiche in unserem Leben. Dann werden wir schnell erkennen, wann andere Dinge oder Werte unseres Lebens mit Gott konkurrieren und wichtiger werden als er.

Bitte Gott darum, dir zu helfen, dass er die Nummer 1 in deinem Leben bleibt. Dann hat er gar nichts dagegen, dass du auf dich und deinen Körper und auf die Umwelt achtest – im Gegenteil! Er freut sich, wenn du mit dem, was er geschaffen hat, verantwortungsvoll umgehst.

DO IT yourself

Chia-Himbeer-Pudding

Meine Schwester Celine hat mir für diese Andacht ihr Lieblings-Chia-Rezept verraten. Probier es doch einmal aus und lass dabei die Gedanken der Andacht in dein Herz fallen.

Du brauchst:

- 3 EL Chiasamen
- 6 EL Joghurt
- 4 EL Milch
- 1 TL Honig oder Ahornsirup
- 80 g frische oder gefrorene Himbeeren

- 1 TL Speisestärke
- etwas Zucker
- evtl. Nüsse, Banane

Verrühre die Chiasamen mit Joghurt, Honig und Milch. Stelle die Masse dann für mindestens 30 Minuten in den Kühlschrank. Erwärme in der Zeit in einem kleinen Topf die Himbeeren mit ein wenig Zucker. Löse die Speisestärke in Wasser auf und rühre diese in das Himbeerpüree. Schichte dann den Chiapudding und die Himbeeren abwechselnd in ein Glas. Nach Wunsch kann der Pudding noch mit Nüssen oder Bananenscheiben garniert werden. Lass es dir schmecken!

Wenn Gott aus Staub Glitzer macht

Seht die Vögel unter dem Himmel an:
Sie säen nicht, sie ernten nicht,
sie sammeln nicht in die Scheunen;
und euer himmlischer Vater ernährt sie doch.
Seid ihr denn nicht viel kostbarer als sie?

MATTHÄUS 6,26; LU

Stell dir vor, du könntest dein Leben im Voraus minutiös durchplanen. So, wie du es gerne hättest: Du kannst exakt vorherbestimmen, welchen Job du bekommst, wann und wen du mal heiratest, wann und wie viele Kinder du zur Welt bringst. Sogar das Geschlecht deiner Kinder kannst du bestimmen. Und du kannst auch im Voraus festlegen, in welcher Stadt du mal wohnst, wie viel du verdienen und wann genau du sterben wirst. Ja, und damit noch nicht genug: Es liegt auch in deiner Hand, wie die Zukunft deiner Kinder verlaufen wird, du kannst deren IQ festlegen und auch entscheiden, dass du niemals krank oder einen Autounfall haben wirst. Wenn man alles im Leben im Voraus festlegen könnte, das wäre doch unsagbar verrückt, oder? Vermutlich würde es uns noch schwerer fallen, gute Entscheidungen zu treffen, weil wir vor lauter Wahlmöglichkeiten keinen klaren Kopf mehr hätten. Aber würden wir uns nicht alle wünschen, unser Leben komplett im Griff zu haben – wenn das tatsächlich ginge? Sind wir im Grunde nicht alle voll die Planungs-Freaks und super unentspannt, wenn das Leben anders kommt, als wir es uns in unseren Träumen ausgemalt haben? Da hat die beste Freundin unseren Schwarm abgekriegt. Da will man so gerne in der Band mitspielen, aber die brauchen einen nicht. Da hätte man so gerne die neue Hose, aber die Eltern meinen, man hätte genug zum Anziehen. Es gibt so viele Dinge, die man einfach nicht unter Kontrolle hat. Wäre es nicht so viel einfacher und schöner, wenn man sie hätte?

Ich denke nicht. Natürlich klingt der Gedanke an ein unbeschwertes Leben sehr verlockend. Man hätte nur Bilder von sorgenfreien Sommertagen mit Freunden am Pool, schönen Urlauben und Erfolgen im Kopf. Man würde sich stets in der tollsten Kleidung und mit einem perfekten Körper sehen. Aber es gäbe kein einziges Bild, auf dem man traurig ist, weil man mit einer unerfüllten Sehnsucht zurechtkommen muss. Und kein Bild von Versagen und Misserfolg. Meine Frage ist: Wie sähe in einem solchen perfekten Leben meine Beziehung zu Jesus aus? Es ist nur ein Gedanken-Experiment, ich kann die Frage nicht beantworten. Aber ich vermute, dass ich arrogant und selbstverliebt wäre. Ich würde mir alles selbst verdanken und den Eindruck haben, dass ich es einfach draufhabe. Ich würde alle schönen Dinge im Leben für selbstverständlich halten.

Ja, ich bin froh, dass mein Leben unperfekt ist und ich deshalb auf Jesus angewiesen bin: darauf, dass er mein Leben lenkt und leitet. Ich weiß, dass er es liebt, mir Gutes zu tun und mich zu beschenken. Alles Gute, was ich erlebe, passiert nicht, weil ich es so entschieden habe. Vielmehr sehe ich dahinter meinen lieben Vater im Himmel, der mich segnet und mir Gutes tut. In Matthäus 6,26 steht: „Seht die Vögel unter dem Himmel an: Sie säen nicht, sie ernten nicht, sie sammeln nicht in die Scheunen; und euer himmlischer Vater ernährt sie doch. Seid ihr denn nicht viel kostbarer als sie?“ Wir sind in Gottes Augen sehr kostbar. Er wird sich immer um uns kümmern.

Aber was ist mit all den unschönen Dingen im Leben? Den Misserfolgen und Minderwertigkeitsgefühlen, dem Schmerz und den Problemen? Ja, da fällt es mir schon wesentlich schwerer, sie einfach aus Gottes Hand zu nehmen. Weil ich dann jedes Mal wieder die Vorstellung vom perfekten Leben loslassen muss. Aber wenn ich es wage, Gott zu vertrauen, dass er alles im Griff hat, stelle ich etwas Verblüffendes fest: Er macht auch aus meinen Schwierigkeiten und Problemen etwas Gutes, wenn ich sie ihm ganz überlasse. Manchmal verwandelt er eine Schwäche von mir und lässt daraus eine richtige Stärke entstehen. Oder er öffnet mir Türen, die ich davor gar nicht gesehen hatte. Oder er schenkt mir einen ganz neuen

Blick auf die Schönheit des Lebens. Wenn das geschieht, dann sehe ich, wie der Staub in meinem Leben anfängt zu glitzern.

Ich bin überzeugt davon: Gott wird auch dir in schweren Zeiten immer nahe sein, dich trösten und dir guttun. Wenn du offen bist für Gottes Pläne und Gedanken für dein Leben, wirst du gerade durch das Schwere, das du durchmachst, auch Schönes erleben. Ich gebe zu: Dieses Schöne lässt manchmal auf sich warten – und es ist nicht so ganz leicht, es zu entdecken, weil die dunklen Wolken uns den Blick auf Gott verstellen wollen. Aber ich bin sicher: Gott wird sich um dich kümmern. Du bist für ihn kostbarer als ein Vogel!

DO IT yourself

Der Vertrauenstanz

Vertrauen ist manchmal alles andere als leicht. Wenn wir an Grenzen stoßen, weil wir die Dinge so ganz anders geplant hatten, ist es superschwer zu vertrauen, dass es mit Gott an der Seite trotzdem gut weitergehen wird. Wie wäre es mit einer Vertrauensübung? Dafür brauchst du: zwei Freundinnen, zwei große quadratische Tücher – und viel Platz. Stelle dich in die Mitte zwischen deine beiden Freundinnen. Gib jeder ein quadratisches Tuch und bitte sie, es ausgebreitet hochzuhalten – sodass du zwischen den beiden Tüchern stehst, quasi wie eine Käsescheibe in einem Sandwich. Und jetzt schließe die Augen und fange an zu tanzen bzw. dich im Raum zu bewegen. Mit geschlossenen Augen. Deine Freundinnen gehen mit dir mit und achten darauf, dass du immer zwischen den beiden Tüchern bleibst und nirgendwo anstößt. Kannst du ganz vertrauen, dass das funktioniert – oder musst du immer wieder blinzeln und kontrollieren, ob du auch wirklich beschützt wirst? Du wirst merken: Es ist eine tolle Erfahrung, wenn man sich mal so ganz praktisch „fallen lassen“ und vertrauen kann!

Du bist ein Schatzkästchen!

Jedem Einzelnen von uns aber hat Christus besondere Gaben geschenkt, so wie er sie in seiner Gnade jedem zugedacht hat.

EPHESER 4,7; HFA

Es gibt Menschen, die können wundervoll singen, ein Instrument spielen oder malen, andere organisieren mit Hingabe tolle Events, können sehr gut zuhören oder trösten und ermutigen. Und wieder andere backen tolle Kuchen, haben ein Händchen für originelle Geschenke oder fürs Dekorieren. Und es gibt auch Leute, die können supergut mit Geld umgehen oder Schwierigkeiten anpacken, eine Gruppe leiten, predigen, Dinge reparieren, nähen oder basteln … Gott hat uns Menschen mit einer Fülle an wunderbaren Gaben ausgestattet. Und das Beste ist: Ausnahmslos jeder Mensch hat Gaben, auch du! Gott hat sich vor deiner Geburt genau überlegt, welche Stärken er dir mit auf deine Lebensreise geben will. Er hat sich sehr viele Gedanken darüber gemacht und sorgfältig genau die Gaben für dich ausgesucht, die für deinen Weg gut sind und mit denen du andere Menschen segnen kannst.

Das Traurige ist, dass viele Menschen gar nicht wissen, was sie gut können. Sie kennen ihre Gaben nicht und kümmern sich auch nicht darum, sie zu entdecken. Es ist so, als würden sie ein Smartphone haben, aber damit nur SMS schreiben und telefonieren. Dabei könnten sie damit auch Musik hören, Apps herunterladen, Filme gucken, Nachrichten checken, Fotos machen und vieles mehr. Aber das alles tun sie nicht, weil sie diese tollen Funktionen gar nicht kennen. Wirklich schade, oder? Ich glaube, dass in uns allen viel mehr Gaben und Stärken schlummern, als uns bewusst ist! Wir können mehr als schlafen, essen, reden und laufen. Warum bleiben all unsere anderen „Funktionen“ oft lange unentdeckt? Ich will dir hier mal drei Gründe nennen:

Wir sind oft neidisch auf die Gaben anderer Menschen.

Da ist die Freundin, die in der Schule super ankommt und immer einen Haufen Leute um sich hat. Sie hat so eine positive, offene Art und steckt damit andere an. Warum bin ich nicht auch so? Oder da ist die andere Freundin, die sehr kreativ ist und damit viele Menschen begeistert. Ach Mensch, wie toll wäre es, wenn ich auch so wundervolle Ideen hätte? Sehr oft drehen sich unsere Gedanken um die Stärken anderer Menschen. Was würde passieren, wenn wir uns über die Gaben der anderen freuen würden anstatt neidisch zu sein? Wir würden dann sicher nicht mehr so schnell aus dem Blick verlieren, dass auch wir Gaben bekommen haben – und anfangen, uns mehr darüber Gedanken zu machen.

Wir denken nicht „out of the box".

Oft lassen wir uns einengen – und denken nur in eine bestimmte Richtung. Manchmal scheint uns in unseren Kirchen und Gemeinden unterschwellig vermittelt zu werden, dass die Top-Stärken singen und predigen sind. Aber das ist nicht wahr. Es gibt so unendlich viel mehr Stärken als nur diese zwei. Wahr ist: Der Liste an Gaben und Fähigkeiten sind keine Grenzen gesetzt. Denn was ist mit Malen, Schreiben, Grafikdesign, Gastfreundschaft, Arbeit mit Kindern, Poetry, Handlettering, Organisieren, Moderieren und vielem mehr? Fang einfach mal an, „out of the box" zu denken. Vielleicht gibt es in deiner Gemeinde oder deinem Jugendkreis noch niemanden, der eine bestimmte Sache genauso gut kann wie du.

Wir beschäftigen uns nicht mit uns selber und riskieren nichts.

Stell dir vor, du würdest dich einfach besser kennenlernen und dadurch deine Gaben entdecken. Stell dir vor, dass du Dinge kannst, von denen du heute noch nichts weißt. Wäre das nicht genial, wenn du diese tollen Schätze von Gott entdecken würdest? Soll ich dir was verraten? Ich wusste zwar schon länger, dass ich schreiben kann, aber nicht, dass Gott mir damit eine große Stärke in die

Wiege gelegt hat. Ich habe diese Stärke früher als Jugendliche gar nicht genutzt. Aber irgendwann bin ich dieser Spur nachgegangen und heute verdiene ich mit Schreiben mein Geld und bin leidenschaftlich gerne Autorin. Was wäre passiert, wenn ich niemals etwas riskiert hätte und nie angefangen hätte zu schreiben?

Hör auf, dir einzureden, dass du nichts richtig gut kannst. Denn das stimmt nicht! Hör auf, auf die anderen zu schauen und neidisch auf sie zu sein. Denn Gott hat uns Menschen ganz unterschiedliche Gaben geschenkt. Niemand hat die gleiche Kombination aus Gaben und Fähigkeiten wie du! Du kannst vielleicht nicht singen und auch nicht so gut mit Kindern umgehen, dafür vielleicht aber wunderbar zuhören und kreative Ideen entwickeln. Dein Bruder ist ein Technikfreak und eine Sportskanone und deine Freundin kann richtig gut Partys organisieren und spielt Klavier. Gott hatte einen Plan mit seiner Idee, die Menschen mit unterschiedlichen Stärken auszurüsten: Er will, dass wir uns mit unseren Gaben gegenseitig bereichern, helfen und unterstützen. Er träumt davon, dass wir unsere Gaben wirklich gebrauchen und so jeder von den anderen profitieren kann. So hat sich Gott übrigens auch Gemeinde gedacht. (Lies mal 1. Korinther 14 und Römer 14!) Also: Entdecke deine Gaben – und dann probiere sie aus, gebrauche sie. Damit andere Menschen durch dich gesegnet werden.

DO IT yourself

Das „Was kann ich gut?"-Interview

Vielleicht weißt du gar nicht, welche Gaben und Stärken du hast. Warum fragst du nicht einfach mal die Leute, die dich gut kennen, was sie an dir sehr schätzen und wo sie Talent wittern? Mache viele Mini-Interviews und schreibe dir alles auf, was andere dir sagen. Nimm dir irgendwann mal etwas Zeit, um darüber nachzudenken und zu beten. Frage dich auch selbst: Was macht mir richtig viel Spaß? Bei welchen Tätigkeiten kann ich voll die Zeit vergessen? Mit welchen Fähigkeiten kann ich andere Menschen beschenken und welche Stärken sollte ich vielleicht weiter ausbauen? Es gibt übrigens auch Gaben- und Persönlichkeitstests, die dir helfen, deinen Fähigkeiten weiter auf die Spur zu kommen.* Mach dich auf deine ganz persönliche Entdeckungsreise und lass dir von Gott zeigen, wo du Talent hast und wo die Schätze in dir verborgen sind. Und dann sei mutig und probiere dich in den Bereichen aus, in denen du Stärken entdeckt hast.

* Einen kostenlosen Gabenfragebogen findest du online unter https://www.campus-d.de/fileadmin/content/campus-d.de/%C3%96A/Downloads/Gabenfragebogen.pdf

Mach aus deinem Herzen keine Müllkippe

Behüte dein Herz mit allem Fleiß,
denn daraus quillt das Leben.

SPRÜCHE 4,23; LU

Letztens sagte doch tatsächlich ein Mädel aus meiner Jugendgruppe zu mir, sie würde pro Tag sechs Stunden am Smartphone verbringen. Irgendwie erscheinen mir sechs Stunden am Tag wirklich sehr viel, und ich hoffe, dass diese Zahl aus der Luft gegriffen war. Aber mir war klar, dass das Mädchen wirklich unendlich viel Zeit damit verbringt – sich von einer Unmenge an Filmen, Bildern, Nachrichten und Chatbeiträgen überfluten lässt. Wie viel Zeit verbringst du an deinem Smartphone? Vermutlich weißt du das gar nicht, denn wie soll man das bitteschön messen? Man ist halt immer und immer wieder mal dran. Mal nur für ein bis zwei Minuten, dann mal eine Viertelstunde, na ja, und dann gibt es noch die Zeiten, wo man sich nach der Schule in seinem Zimmer verschanzt und den vielen YouTubern folgt und alle möglichen neuen Clips anschaut … Hm, aber wie lange das konkret ist? Die meisten wissen es nicht. Die Frage ist ja auch: Will man das überhaupt wissen? Würde einem das nicht voll zu denken geben, wenn man wüsste, wie viele Stunden pro Tag man am Smartphone verdaddelt? Oder würde einen das überhaupt nicht stören, weil es nun mal normal ist, viel Zeit damit zu verbringen?

Versteh mich nicht falsch: Es ist ja nicht verkehrt, sich Dinge im Netz anzuschauen, Bilder auf Instagram zu posten, mit seinen Freunden über WhatsApp zu kommunizieren. Aber stell dir doch mal die ehrliche Frage: Von wem und von welchen Inhalten lasse ich mich eigentlich prägen? Wer hat meine ungeteilte Aufmerksamkeit und von wem lasse ich mir was sagen? Ich sage nicht, dass alles, was wir tun, immer nützlich sein und immer einen tiefen Sinn ergeben muss. Nein, es ist völlig in Ordnung, wenn man sich nach einem stressigen Tag auch einfach nur mal berieseln lässt. Aber wirklich jeden Tag und ständig?

Ich bin mir sicher, dass das, womit ich mich beschäftige, mich prägt. Wenn ich mir ständig Mode-Channels anschaue und die neusten Trends checke, wird das mit großer Wahrscheinlichkeit auch meinen eigenen Stil durchdringen. Wenn ich mir YouTuber angucke, wie sie Spiele zocken oder anderen Quatsch vor der Kamera machen, wünsche ich mir vielleicht insgeheim, jemand zu werden, der auch so schräg-lustig ist und viel dummes Zeug plappert. Wenn ich mir ständig Horrorfilme anschaue, werde ich mich zukünftig seltener erschrecken und dadurch irgendwann abstumpfen. Alles, womit ich mich beschäftige, hat einen Einfluss auf mein Denken und Verhalten. Und alles, was ich tue, hat auch eine geistliche Dimension, beeinflusst also auch meine Beziehung zu Gott. Unser Tun hat immer Auswirkungen: Es kann sich sowohl positiv als auch negativ auf uns und unseren Charakter auswirken. Es kann wesentlich sein – oder uns von den wirklich wichtigen Dingen im Leben abhalten. In Sprüche 4,23 steht ein sehr kluger Satz: „Behüte dein Herz mit allem Fleiß, denn daraus quillt das Leben." Das Verrückte ist ja: Unzählige YouTuber, Filmemacher, Technikhersteller und Autoren und viele andere Leute buhlen ständig um unsere Aufmerksamkeit. Jeder von ihnen wünscht sich, dass er ein Stück von unserer Zeit abbekommt. Denn je mehr Zeit sie von vielen Menschen abbekommen, umso bekannter werden sie. Und wer will schon nicht bedeutsam sein und sich in irgendeiner Art und Weise von anderen abheben?

Es liegt ganz in deiner Verantwortung, dir ganz genau zu überlegen, wem du deine Zeit schenkst. Welcher Anfrage willst du nachgehen und von welchem YouTuber willst du dich wirklich beeinflussen lassen? Glaub mir, es ist eine gute Entscheidung, nicht jeden und alles durch dein Herz laufen zu lassen. Vielleicht findest du ja auch YouTuber, die Christen sind und die dich mit ihrem Channel im Glauben ermutigen?* Oder aber du entdeckst für dich, dass es auch tolle Magazine und Bücher gibt, die interessant sind und gleichzeitig dein Leben und deine Beziehung zu Gott positiv beeinflussen? Ich ermutige dich: Schütze dein Herz, denn es ist der Motor für dein Leben.

DO IT yourself

Medienfasten

Es gibt Menschen, die fasten für eine Weile, um nicht mehr so unkontrolliert ungesundes Zeug in sich hineinzuschaufeln. Und ja, es hilft vielen, wieder gesünder und bewusster zu essen. Ich glaube, Fasten funktioniert auch in anderen Bereichen. Wie wäre es, wenn du für eine gewisse Zeit eine „Medienfastenaktion" machen würdest? Zum Beispiel ein paar Tage oder eine Woche lang keine Filme anschaust, kein YouTube nutzt? Oder für 48 Stunden komplett auf das Smartphone verzichtest? Was macht das mit dir? Wenn dir die Aktion gutgetan hat (auch wenn es schwierig ist, kann eine Sache insgesamt guttun!), überlege dir doch, wie du zukünftig mit Smartphone, YouTube, Insta und Co umgehen und was du vielleicht komplett streichen willst.

* Zum Beispiel gibt es das STEPS-Projekt. STEPS ist ein Medienmix aus Zeitschrift, App, Social Media, Konferenz und vielem mehr. Infos darüber gibt es auf www.365steps.de.

Die Sache mit der Geschwisterliebe

Liebe ist geduldig, Liebe ist freundlich.
Sie kennt keinen Neid, sie spielt sich nicht auf,
sie ist nicht eingebildet.
Sie verhält sich nicht taktlos,
sie sucht nicht den eigenen Vorteil,
sie verliert nicht die Beherrschung,
sie trägt keinem etwas nach.

1. KORINTHER 13,4–5; NGÜ

Mit den Geschwistern zusammen irgendwo hingehen? Oh, bitte nicht! Mir war das früher unendlich peinlich, meine kleinen Schwestern im Schlepptau zu haben. Tja, und heute ist es mir peinlich, dass es mir damals so peinlich war!

Heute denke ich: Es ist etwas Besonderes, Geschwister zu haben. Ich kenne sie gut. Sehr gut sogar. Und umgekehrt: Sie kennen auch mich ziemlich gut. Das ist schön, aber manchmal auch anstrengend. Denn jede weiß von den Schwachpunkten der anderen. Und das hat früher natürlich immer wieder für Konflikte gesorgt. Mit einer Schwester bin ich immer wieder in die Wolle geraten. Wenn sie mir auf die Nerven ging, nun, dann habe ich eben gekonnt zurückgeärgert.

Kommt dir das bekannt vor? Hast du auch Geschwister, mit denen du dich manchmal so richtig zoffst? Hm, irgendwie schade, dass wir gerade mit den Menschen, die uns sehr nahestehen, manchmal so einen Stunk haben, nicht wahr? In der Bibel lesen wir, dass wir unseren Nächsten lieben sollen. Also auch unsere Geschwister. Puh. Vielleicht kennst du ja den poetischen Text aus dem Korintherbrief: „Liebe ist geduldig, Liebe ist freundlich. Sie kennt keinen Neid, sie spielt sich nicht auf, sie ist nicht eingebildet. Sie verhält sich nicht taktlos, sie sucht nicht den eigenen Vorteil, sie verliert nicht die Beherrschung, sie trägt keinem etwas nach" (1. Korinther 13,4–5; NGÜ). Was für große Worte! Wenn ich das so lese, dann merke ich: Liebe ist keine einfache Sache. Nichts, was man immer so easy hinbekommt. Wer ist schon immer geduldig, immer freundlich, immer großzügig? Liebe kostet sehr viel. Sie fordert sehr viel von uns – gerade wenn es um Menschen geht, die uns sehr nahestehen und mit denen wir viel Zeit verbringen. Aber genau deshalb fordert Gott uns auf, diese Herausforderung anzunehmen: uns darin zu üben, liebevoll und nachsichtig zu sein, unseren Geschwistern Gutes zu tun, ihre Schwächen nicht fies auszunutzen.

Geschwister zu haben ist aber nicht nur schwierig oder eine Last. Sieh es doch mal positiv: Ihr steht nicht alleine da. Durch eure Unterschiedlichkeiten schleift ihr gegenseitig euren Charakter, ihr lernt, wie man vergibt und Vergebung annehmen kann. Wie man in einer guten Art und Weise miteinander diskutiert. Und auch, wie man sich nach einem Streit wieder zusammenrauft. All das prägt eure Persönlichkeit und hilft euch auch im Umgang mit anderen Menschen.

Wie wäre es, wenn du den nächsten Konflikt mit deiner Schwester oder deinem Bruder als Herausforderung annimmst – und Gott bittest, euch gemeinsam zu einer guten Lösung zu führen? Du könntest dir auch vornehmen, dass du, wenn dich deine Schwester das nächste Mal ärgert, gelassener reagierst und nicht zurückärgerst. Vielleicht kannst du dich ja sogar dazu durchringen, ihr was Nettes zu sagen oder ihr ihre Lieblingsschokolade zu schenken. Nimm Jesus mit ins Boot. Alleine wird es schwierig werden, Liebe in die Tat umzusetzen. Aber zusammen mit Jesus ist das möglich! Heute ist der erste Tag, an dem du üben kannst, liebevoll zu reagieren. Sei du die Schwester, die du dir selber wünschen würdest! Und lass dich überraschen, wie sich deine Beziehung zu deiner Schwester oder deinem Bruder positiv verändert, wenn du den ersten Schritt machst.

DO IT yourself

Geschwister-Aktion

Seit ich nicht mehr bei meinen Eltern wohne, schätze ich Geschwister-Aktionen total. Regelmäßig verschenke ich meinen Schwestern zum Geburtstag oder zu Weihnachten Gutscheine für gemeinsame Aktionen. Einmal sind wir zusammen ins Kino gegangen, ein anderes Mal brunchen, und ich habe sie auch schon zu einem schönen Abend mit leckerem Essen eingeladen. Wenn man allerdings weit auseinanderwohnt, ist es ziemlich schwierig, einen gemeinsamen Termin zu finden. Von daher ein kleiner Tipp: Sieh die Zeit, in der du mit deinen Geschwistern im selben Haus wohnst, als Geschenk an und nutze sie. Überlege dir eine kleine Aktion, die ihr gemeinsam machen könnt. Eisessen, Kino, gemeinsam kochen, Filmabend ... es gibt zahllose Möglichkeiten! Und wer weiß: Vielleicht wird die Aktion, wenn ihr dabei viel Spaß habt, schon bald zu einer schönen Tradition bei euch?

Du bist Gottes Botschafterin

So treten wir nun als Botschafter Christi
auf, denn durch uns verteilt Gott seine Einladung.
Wir bitten an seiner Stelle alle Menschen:
„Lasst euch mit Gott versöhnen!“

NACH 2. KORINTHER 5,20

Welche wichtige Botschaft würdest du deinen Freunden weitergeben, wenn du wüsstest, dass dein Leben bald zu Ende ist?

„Achtet mehr darauf, dass ihr euch gesund ernährt."

„Hängt nicht mehr ständig an eurem Smartphone!"

„Macht euch weniger Stress."

Hm – wären das die Dinge, die du für wichtig erachten würdest? Als die Zeit, die Jesus als Mensch auf der Erde verbrachte, sich langsam dem Ende näherte, versammelte er seine engsten Freunde um sich. Er wollte ihnen noch etwas Wichtiges mitteilen. Etwas, was sie auf keinen Fall vergessen sollten, wenn er nicht mehr leibhaftig unter ihnen wäre. Aber er sagte nicht: „Leute, esst mehr Fisch." Sondern: „Hey, Freunde, ich hab von Gott alle Macht. Deshalb erfüllt meinen Auftrag. Sorgt dafür, dass noch viele andere Menschen zu meinen Freunden werden. Tauft sie und gebt ihnen all das weiter, was ihr von mir gehört habt, was ich euch gelehrt habe. Und denkt immer daran: Ich lass euch nie allein." (Siehe Matthäus 28,18–20.)

Ich glaube, dass wir aus genau diesem Grund als Christen auf dieser Welt leben. Auch uns gelten diese Worte. Wir sind hier, um anderen von unserer Beziehung zu Jesus zu erzählen und sie mitzunehmen auf unseren Weg mit Jesus.

Eigentlich ist es voll die Ehre, dass Gott uns eine solche Verantwortung überträgt. Ich weiß nicht, was ich tun würde, wenn ich an seiner Stelle die Entscheidung treffen müsste, wer mein Botschafter sein soll. Ich glaube, ich fände diese Entscheidung ziemlich schwierig. Schließlich bin ich mir darüber im Klaren, dass wir Menschen nicht immer zuverlässig sind und sogar öfters vergessen, dass Gott uns einen Auftrag gegeben hat. Aber er hat sich uns Menschen nun mal für diese besondere und verantwortungsvolle Aufgabe ausgesucht, und nicht etwa eine Heerschar von Engeln, die vielleicht pflichtbewusster und begeisterter diesen Job machen würden. Und die es vielleicht auch besser hinkriegen würden. Denn, hm, der Auftrag ist wirklich sehr groß. Überfordert uns das nicht total, *alle* Menschen zu Gott einzuladen? Wo soll man denn da anfangen? Es gibt ja so viele Leute, die mit Jesus noch nichts am Hut haben: Freunde, Nachbarn, Klassenkameraden, Bekannte … Und es bringt ja auch nichts, wenn man einfach nur jedem einen Flyer zusteckt und dann weiterrennt …

Die gute Nachricht ist: Jesus überfordert uns nicht. Er ist uns da ein großes Vorbild. Wenn er mit den Menschen redete, hatte er immer den Einzelnen im Blick. Er sah die Leute nicht als große zusammenhängende Menschenmasse, sondern jeden für sich als Persönlichkeit. Und wenn er sich einem Menschen zuwandte, dann hat er sich viel Zeit für diesen einen genommen. Egal, ob es der Zolleinnehmer Zachäus war oder die Frau, die unter Blutfluss litt, oder der blinde Bartholomäus. Jesus hat sich konzentriert und interessiert die Fragen und Sorgen der Person angehört, die ihm gerade gegenüberstand. Hat sich mit ihr hingesetzt, sich manchmal sogar mit ihr zum Essen getroffen, ihr Fragen gestellt, ihr seine Hilfe angeboten. Und genauso will er auch dich gebrauchen – für einzelne Menschen.

Du musst nicht deine ganze Schule revolutionieren und dich auf den Pausenhof hinstellen und predigen, wenn Gott dir das nicht ganz konkret sagt. In den allermeisten Fällen wird es so sein, dass Gott dir einzelne Menschen in den Weg stellt und dir damit sagen will, dass da jemand ist, der deine Hilfe oder eine Ermutigung jetzt gut gebrauchen könnte. Wie wäre es, wenn du Jesus mal konkret fragst, um wen du dich besonders kümmern sollst? Vielleicht ist es grad deine beste Freundin oder jemand, der in deiner Klasse eher am Rande steht? Gottes Botschafterin zu sein heißt nicht, dass du der Person ständig eine Predigt hältst oder sie mit Bibelsprüchen zutextest. Wenn du authentisch und ehrlich von deinem Leben mit Jesus erzählst, ist das sehr viel ansteckender und einladender, als wenn du gestresst irgendwelche frommen Floskeln von dir gibst und dein Gegenüber das Gefühl hat, es geht dir nur darum, ihn zu „bekehren". Bitte Jesus, dir zu zeigen, wie du der Person begegnen, was du ihr sagen und tun sollst. Und bete auch dafür, dass Jesus der Person persönlich begegnet.

DO IT yourself

Das Espresso-Gebet

Es wäre doch toll, wenn man es schaffen würde, wirklich regelmäßig für eine Freundin oder einen Klassenkameraden zu beten, oder? Das muss keine Riesensache sein. Fang einfach mit dem „Espresso-Gebet"* an. Das ist ein Gebet, das wie ein Espresso ist: klein und stark. Mit einem Espresso-Gebet konzentrierst du dich kurz auf eine ganz bestimmte Person, ohne viel Zeit aufzuwenden. Entscheide dich dafür, jedes Mal, wenn du deine Freundin siehst (oder wenn du an sie denkst), für sie ein kleines Gebet zu sprechen. Zehn Sekunden. Länger muss es gar nicht unbedingt sein. Bete für sie, dass sie Jesus kennenlernt und sich auf ihn einlässt. Und dann halte die Augen offen und schau, was Gott durch deine Espresso-Gebete verändert.

* Das ist eine Idee von Mark Littleton, der darüber sogar ein Buch geschrieben hat: „Espresso-Beten. Entdecken Sie die Kraft des kleinen Gebets" (leider inzwischen nicht mehr lieferbar).

Upcycling – für Gott kein Problem

Die Gesunden bedürfen des Arztes nicht,
sondern die Kranken.

LUKAS 5,31; LU

Ist dir schon mal eine Tasse aus den Händen gefallen und zersprungen? Es ist einfach nur ärgerlich, wenn sich die gefühlt tausend Scherben auf dem ganzen Boden verteilen. Was soll man mit den scharfkantigen Stücken tun? Natürlich wegwerfen – was denn sonst?! Schade um die schöne Tasse, ja, aber es hilft nichts: Eine neue Tasse muss her.

Vielleicht hast du auch schon erlebt, dass etwas in deinem Leben in die Brüche gegangen ist: eine Freundschaft zum Beispiel. Oder dein Selbstvertrauen. Du kämpfst mit Selbstzweifeln oder Verletzungen, die andere dir zugefügt haben. Oder mit dem Gefühl, versagt zu haben. Vielleicht hast du auch gerade den Eindruck, dass deine Hoffnung in tausend Stücke zersprungen ist und du dein Leben nicht mehr auf die Kette kriegst. Vielleicht ist auch die Ehe deiner Eltern kaputtgegangen … Oh ja, es gibt so vieles im Leben, was zerbrechen kann! Was tun, wenn das passiert? Koffer packen und gehen? Weil du am Nullpunkt angekommen bist und es nicht mehr weitergeht?

Oh nein – unter keinen Umständen! Gib nicht auf. Denn Gott ist der Fachmann für Kaputtes in unserem Leben. Er kümmert sich um zerbrochene Lebensbereiche und zerbrochene Menschen. Die Bibel erzählt von so vielen Menschen, deren Leben einer kaputten Tasse glich. Da ist zum Beispiel Josef aus dem Alten Testament, der von seinen Brüdern gemobbt und dann nach Ägypten verkauft wurde. Oder Sarah, die irgendwann die Hoffnung auf eigene Kinder aufgegeben hat. Oder die Frau aus Samarien, die den Kontakt mit anderen Frauen aus dem Dorf meidet, weil sie sich mit mehreren Männern abgegeben hat, und nur in der Mittagshitze den Brunnen aufsucht, wenn sonst niemand dort ist. Jetzt könnte Gott ja denken: „Nee, also bei diesen Leuten geht echt nichts mehr. Sorry." Aber das tut er nicht. Er stellt sich an die Seite dieser Menschen und ermutigt sie, ihm die Scherben ihres Lebens anzuvertrauen.

Und dann beginnt er, sie zu heilen und sie wieder auf festen Boden zu stellen. Er macht aus Kaputtem etwas Neues, Wunderschönes. Er ist der wahre Upcycling-Profi! Es gibt nichts, was er nicht verwenden könnte, um daraus etwas ganz Wertvolles zu schaffen. Aus dem zerbrochenen Leben von Josef lässt er etwas Gutes entstehen; am Ende wird Josef sogar zum Segen für seine Brüder. Sarah darf neue Hoffnung schöpfen – und bekommt doch noch ein Kind. Und die Samariterin erlebt Heilung ihrer Seele durch die Begegnung mit Jesus und geht verändert in ihr Leben zurück. In Lukas 5,31 sagt Jesus: „Die Gesunden bedürfen des Arztes nicht, sondern die Kranken." Jesus ist gerade für gescheiterte, zerbrochene, schwache Menschen gekommen. Und er bietet ihnen neues Leben an.

In den Momenten, wo wir uns zerbrochen und schwach fühlen, dürfen wir in die Arme von Jesus laufen. Genau an den Nullpunkten unseres Lebens stellt er sich uns in den Weg und öffnet seine Arme für uns. „Kommt her zu mir, alle, die ihr mühselig und beladen seid; ich will euch erquicken", sagt er (in Matthäus 11,28; LU). Er will uns heilen, uns mit Gutem beschenken, uns vielleicht in eine ganz neue Richtung lenken. Alles, was er braucht, um dies tun zu können, sind unsere Scherben. Es ist nötig, dass wir ihm wirklich alles anvertrauen und ihm in die Hände legen. Ja, erst dann kann er loslegen.

Wenn ich so über mein Leben nachdenke, kommen mir einige Situationen in den Sinn, in denen etwas, was mir lieb und teuer war, zerbrochen ist. Ich habe dann oft gedacht: *Jetzt ist es wirklich vorbei. Wie soll ich damit nur weiterleben?* Aber Jesus ist gut und hat mir immer aus ausweglosen Situationen herausgeholfen. Mit diesen Erfahrungen in meinem „Lebensrucksack" und einem geheilten Herzen hat er mich dann wieder neu ins Leben geschickt. Ich weiß: Wenn es wieder einmal Scherben in meinem Leben gibt, dann darf ich sie sofort an Jesus abgeben. Er kommt damit viel besser klar!

DO IT yourself

Briefumschläge aus altem Papier

Was tun mit alten Notenblättern, Postern oder Wandkalendern, die du nicht mehr brauchst – und die eigentlich in den Papierkorb wandern würden? Mach daraus einfach etwas Neues! Etwas, das obendrein sehr schön und nützlich ist: Briefumschläge. Die sind supereinfach zu basteln und sehen richtig originell aus. Nimm dir einen fertigen Briefumschlag in der gewünschten Größe. Trenne ihn auf und benutze ihn als Schablone für deine DIY-Umschläge. Die Form des Umschlags mithilfe der Schablone aufmalen, ausschneiden, das Kuvert anschließend falten, die Seiten zusammenkleben – fertig. Alternativ zum Klebestift kannst du auch bunten Tesafilm nehmen. Nun brauchst du nur noch weiße Aufkleber, die du als Adressfelder aufklebst. Und fertig ist der Upcycling-Umschlag!

Die Kuverts kannst du für Geburtstagspost oder Einladungen verwenden, sie eignen sich aber auch wunderbar für einen Adventskalender: 24 Briefchen gefüllt mit je einer ermutigenden Botschaft ergeben ein wunderbares Geschenk für eine liebe Freundin.

Vielleicht kommst du ja auf den Geschmack und entdeckst für dich noch andere tolle Upcycling-Ideen. Nimm dir Gott als Vorbild: Er kann aus alten Sachen etwas ganz Neues machen – die am Ende richtig toll aussehen!

Lebe lieber ungewöhnlich!

Verlass dich auf den Herrn von ganzem
Herzen, und verlass dich nicht auf deinen Verstand,
sondern gedenke an ihn in allen deinen Wegen,
so wird er dich recht führen.

SPRÜCHE 3,5–6; LU

Wie schaffe ich es, dass möglichst viele Menschen fragend in meine Richtung schauen? Indem ich eine Entscheidung treffe, die nicht dem Mainstream entspricht. Indem ich etwas tue, was meine Freunde nie tun würden. Woher ich das weiß? Ich spreche da aus Erfahrung. Ich fühle mich schon seit Jahren immer wieder als Exotin. Mein Leben verläuft in verschiedenen Bereichen anders als zum Beispiel das Leben meiner Schwestern. Teilweise ungewollt – weil meine Schwestern alle sehr zeitig geheiratet haben und ich mit 22 Jahren immer noch auf meinen Prinzen gewartet habe. Teilweise war das Anderssein aber auch gewollt. Ich habe mich zum Beispiel entschieden, auf eine Bibelschule zu gehen, anschließend nicht zurück in die Heimat zu ziehen und mir einen Beruf zu suchen, der etwas mit Schreiben zu tun hat. Heute arbeite ich als Redakteurin und Autorin. Ich habe – anders als meine Schwestern – auch einen „richtigen Deutschen" geheiratet und nicht einen Russlanddeutschen (ich stamme ursprünglich aus Russland und bin mit anderthalb Jahren nach Deutschland gezogen). Durch diese Tatsachen und anderes mehr bin ich anders geprägt worden als meine Schwestern – und dies alles führte eben dazu, dass ich mich manchmal als Exotin in meiner eigenen Familie wahrnehme. Früher kam ich damit nicht so gut klar. Einerseits habe ich meinen eigenen Weg zwar geliebt, gleichzeitig wollte ich aber auch so sein wie meine Schwestern: eben nicht „aus der Reihe tanzen". Irgendwie widersprüchlich! Mittlerweile liebe ich es, dass ich nun einmal in einigen Bereichen ganz anders bin als sie.

Anders sein als die anderen: Bei diesem Thema kann man ganz schön hin und her gerissen werden. Es tut weh, wenn Menschen, die man richtig lieb hat, die eigenen Entscheidungen und Wege als „komisch" empfinden. Warum so einen Weg wählen, wo doch alle anderen in eine andere Richtung laufen – sich dem Mainstream anpassen? Wenn du also deine Entscheidung getroffen hast und durchziehst, kann es sein, dass Menschen sich von dir abwenden oder dich komisch finden oder nicht bereit sind, deine Entscheidung mitzutragen. Es kann tatsächlich passieren, dass du dich alleine fühlst und dich dann fragst: *War das eine gute Entscheidung? Ist das ein guter Weg?* Vielleicht fangen die meisten aus deiner Klasse direkt nach dem Abi ein Studium an oder gehen ins Ausland. Aber du hast auf dem Herzen, dich als FSJlerin für ein ganzes Jahr bei einem sozial-missionarischen Projekt zu engagieren. *Hä? Du willst echt ein Jahr in einem Kinderheim helfen? Ist das nicht voll die verschwendete Zeit? Fang doch direkt mit deinem Studium oder deiner Ausbildung an oder mach etwas, was mehr Spaß verspricht!* Ja, es ist ein Spannungsfeld. Auf der einen Seite ist es natürlich viel angenehmer, ständig von Leuten gelikt zu werden. Das Leben fühlt sich leichter an, wenn man kaum Widerstand bekommt, eben weil man genauso entscheidet und lebt wie alle anderen. Aber ist es richtig, den leichten Weg zu nehmen, nur weil er leicht ist?

Ich persönlich würde niemals sagen, dass man anders sein sollte als der Mainstream, nur um anders zu sein. Darum geht es gar nicht. Es geht nicht darum, möglichst stark aufzufallen und möglichst oft aus der Reihe zu tanzen. Aber ich halte es für wichtig, dass man sich bei all den kleinen und großen Entscheidungen im Leben nicht an den Menschen um sich herum orientiert. Es geht vielmehr darum herauszufinden, was mein Schöpfer und Erfinder für *mein* Leben geplant hat. In welche Abenteuer er *mich* schicken will. Wie er *mich* prägen, wo er *mich* gebrauchen will.

Ja, was hat Gott eigentlich mit ***mir*** vor? Das ist eine Frage, die tausendfach mehr Gewicht haben sollte als die Meinungen anderer Menschen. Oft halten Menschen uns fest, weil sie uns zu Dingen drängen wollen, die üblich, sicher, vernünftig oder angesagt sind.

Sie erwarten, dass wir innerhalb der festgesetzten Schablonen und Möglichkeiten unser Leben gestalten, schließlich sei das sicherer und vorhersehbarer. Aber ist eine Sache richtig, nur weil sie „sicherer“ erscheint?

Ich habe mich dazu entschieden, alle anstehenden Entscheidungen in erster Linie mit Gott zu besprechen und mich von ihm führen zu lassen. Dabei durfte ich schon oft Ängste loslassen und mich dann aus meiner Komfortzone lösen, um ganz neue Wege zu gehen. Die waren teilweise recht ungewöhnlich, ja. Doch wenn Gott mir einen guten Weg eröffnet, gehe ich ihn. Und will dann doch die Angst in mir hochkriechen, vertraue ich seiner Zusage: „Verlass dich auf den Herrn von ganzem Herzen, und verlass dich nicht auf deinen Verstand, sondern gedenke an ihn in allen deinen Wegen, so wird er dich recht führen“ (Sprüche 3,5–6; LU).

DO IT yourself

Sprung ins Wasser

Wo hast du den Eindruck, dass Gott dich aus deiner Komfortzone herausholen will – um sich mit dir in ein Abenteuer zu stürzen? Oft geht es dabei gar nicht um die großen Entscheidungen im Leben, sondern um die kleinen Dinge: Gott macht dich auf jemanden in deiner Klasse aufmerksam, den du vielleicht mal zu dir einladen solltest. Oder du hast den Eindruck, dass du an einem Missionseinsatz teilnehmen sollst, obwohl du dort niemanden kennst. Oder du beschäftigst dich innerlich damit, einen Blog zu starten, befürchtest aber, dass dir da kaum jemand folgen wird …

Sprich mit Gott darüber, was dir durch den Kopf geht und du wahrnimmst, und entscheide dich dafür, seinen Ideen für dein Leben zu folgen! Ich lade dich zu einer symbolischen Aktion ein: Wage den Mutsprung! Spring vom Drei-Meter-Turm. Und wenn du davor Angst hast, nimm das Ein-Meter-Brett. Spring und lass dich auf dein persönliches Abenteuer mit Gott ein!

Beflügelt vom Heiligen Geist

Durch Gottes Geist haben wir neues Leben, darum wollen wir uns jetzt ganz von ihm bestimmen lassen!

GALATER 5,25; HFA

Gott ist unfassbar groß. Unerklärlich, ja geradezu geheimnisvoll. In der Bibel steht, dass der ganze Himmel Gott nicht fassen kann (siehe 1. Könige 8,27). Es gibt so viele Dinge, die wir Menschen nicht verstehen, eben weil wir Menschen sind und unser kleiner Verstand und unsere Logik sehr begrenzt sind. Eines dieser geheimnisvollen Dinge an Gott ist, dass er aus drei Personen besteht: Vater, Sohn (Jesus Christus) und Heiliger Geist. Irgendwie schon verwirrend: drei Personen, und doch sind sie eine untrennbare Einheit. Deshalb haben sich Theologen auch den Begriff „Dreieinigkeit" ausgedacht. Aber was ist der Heilige Geist eigentlich so ganz genau und was macht er in deinem Leben? „Geist", das klingt ja zunächst nach etwas ziemlich Nebulösem …

Ich habe mal in die Bibel geschaut und da eine ganze Menge über den Heiligen Geist entdeckt. Zunächst: Er ist es, der uns die tiefe Gewissheit ins Herz legt, dass wir Gottes Kinder sind (siehe Römer 8,16). Aber er hat noch viele andere Aufgaben. Zum Beispiel tröstet er uns, wenn wir traurig sind. Wenn ich an die harten Zeiten im Leben denke, dann denke ich gleichzeitig auch an die Momente, in denen der Schmerz nachgelassen hat und ich plötzlich einen tiefen Frieden erfahren habe. Gerade dann, wenn ich Gott sehr nötig hatte, hat er mich durch seinen Heiligen Geist getröstet.

Der Heilige Geist will uns auch leiten – wenn wir ihm das erlauben. Er führt uns dann an Orte, wo wir gebraucht werden und wir uns entfalten können. Vielleicht hast du morgens noch gebetet, dass Gott dir ein gutes Gespräch schenkt, und plötzlich steckst du mittendrin. Vielleicht hast du Angst, anderen etwas von deinem Glauben zu erzählen. Der Heilige Geist will dich genau da unterstützen und dir zum passenden Zeitpunkt Mut und die richtigen Worte geben. Er weiß so viel besser als du und ich, was andere Menschen brauchen und hören sollen! Mir fallen gerade verschiedene

Vorträge und Andachten ein, die ich in den letzten Monaten gehalten habe. Manchmal hatte ich vor meinem „Auftritt“ ein wenig Angst, dass ich gar nichts zu sagen habe – und dann floss es plötzlich einfach so aus mir heraus, und ich merkte, dass es teilweise gar nicht meine eigenen Gedanken waren, die ich da sagte. Krass, oder? Später wurde mir bewusst, dass der Heilige Geist mir die Worte geschenkt hat. Aber auch in Gesprächen – wenn jemand meinen Rat brauchte und ich einfach nicht wusste, was ich sagen sollte – hat er mir schon oft weitergeholfen.

Ich habe auch schon erlebt, dass der Heilige Geist mir Gebete geschenkt hat. Es war dann so, dass ich gar nicht mehr anders konnte, als diesen einen Satz zu beten. Kürzlich spürte ich sehr stark, dass ich mich nach einem Aufbruch in meinem Herzen sehnte. Ich wünschte mir zutiefst, dass meine Liebe zu Gott wächst. Mir war aber auch klar, dass ich mehr Liebe zu Gott nicht selbst produzieren kann. Das einzige, was ich tun kann, ist: ihm meine Sehnsucht geben und ihn um größere Liebe bitten. Und dann passierte es, dass ich auf einmal kaum noch etwas anderes als den Satz „Jesus, ziehe mich näher an dein Herz“ beten konnte. Wenig später hatte ich ein einschneidendes Erlebnis, das meine Beziehung zu Gott sehr vertieft und mir tatsächlich einen neuen Aufbruch geschenkt hat.

Wenn der Heilige Geist uns in Alltagssituationen führt, kann es auch sein, dass er uns manchmal eine gewisse Unruhe ins Herz gibt. Ich selbst habe schon oft erlebt, dass der Geist Gottes mir bei einer ganz konkreten Entscheidung einfach keinen Frieden geschenkt hat – obwohl ich immer und immer wieder dafür gebetet hatte, dass Gott mir seinen Segen zu dieser Entscheidung gibt. Irgendwann habe ich genau diesen Unfrieden in meinem Herzen als Antwort von ihm verstanden und eine andere Entscheidung getroffen – eine, die mein Leben dann sehr positiv verändert hat. Ich habe auch schon die Erfahrung gemacht, dass der Heilige Geist mich durch einen Bibelvers sehr direkt darauf hingewiesen hat, dass ich gerade auf dem Holzweg bin und dringend etwas mit jemandem klären muss. Das hat im Nachhinein so viel Freiheit in meinem Herzen ausgelöst! Von selbst hätte ich mir das nämlich nie getraut.

Ich könnte dir noch von ganz vielen anderen Situationen erzählen, in denen ich Erfahrungen mit dem Heiligen Geist gemacht habe. Zusammenfassend kann ich sagen: Er hat immer direkt in mein Alltagsleben hineingesprochen. Er ist tatsächlich da: in Gesprächen, bei Entscheidungen, in Herausforderungen, Schwierigkeiten, aber auch in Momenten der Freude. Er ist es, der so gute Dinge wie Freude, Frieden, Geduld und Barmherzigkeit in unserem Leben wachsen lässt. Er gibt uns neue Kraft, wenn wir ausgelaugt und müde sind. Er wirkt auf geheimnisvolle Weise genau da, wo wir das zunächst gar nicht wahrgenommen haben. Der Heilige Geist schenkt Aufbruch in unserem Herzen. Er beflügelt und stärkt, schützt und tröstet uns. Ja, der Heilige Geist ist so vielfältig! Es lohnt sich, mit seiner Gegenwart zu rechnen, und in der Gewissheit zu leben, dass er unser Rückenwind ist!

DO IT yourself

Die Origami-Taube

Erinnere dich doch daran, dass der Heilige Geist dich begleiten und unterstützen will. Bastle dir dafür eine Taube aus Papier. Der Heilige Geist wird nämlich oft symbolisch als Taube dargestellt – vielleicht hast du es auf einem Bild oder in einer alten

Kirche schon mal gesehen. Warum eigentlich ausgerechnet eine Taube? Dazu gibt es im Neuen Testament einen Hinweis: Als Jesus im Jordan getauft wurde, kam der Heilige Geist in Form einer Taube auf ihn herab und Gott selbst bezeugte, dass Jesus sein geliebter Sohn ist (nachzulesen in Matthäus 3,16).
Pro Taube benötigst du ein quadratisches Blatt Papier. Der Vogel ist in acht einfachen Schritten und innerhalb von vier Minuten ganz fix gefaltet. Die komplette Anleitung kannst du dir unter https://www.youtube.com/watch?v=oH_cYnYOO1I angucken. (Statt die Adresse in den Browser zu tippen, kannst du auch folgende Stichworte eingeben: „Origami Taube falten mit Papier – Einfachen DIY Vogel basteln".) Ziehe zum Schluss mit einer dünnen Nadel einen Faden durch den Rücken der Taube und hänge sie dir irgendwo auf. Viel Spaß dabei!

Gemeinde – Gottes geniale Idee

Sie blieben aber beständig in der Lehre
der Apostel und in der Gemeinschaft und
im Brotbrechen und im Gebet.

APOSTELGESCHICHTE 2,42; LU

Ich war mittlerweile schon einige Monate in meiner neuen Gemeinde und mochte sie auch sehr. Trotzdem fühlte ich mich irgendwie noch nicht richtig zu Hause dort. So betete ich auf dem Weg in die Gemeinde: „Gott, ich will mich in der Gemeinde wirklich zu Hause fühlen. Ich will ein Teil von ihr sein. Bitte rede du doch heute durch den Gottesdienst zu mir. Mach mir klar, dass ich wirklich dazugehöre." Und weißt du, was dann passierte? In der Predigt ging es darum, dass Gott uns als Gemeinde einlädt, an seinem Tisch zu sitzen! Der Pastor hatte dafür vorne einen kleinen Frühstückstisch gedeckt mit leckeren Brötchen, Kaffee, Aufschnitt, Marmelade, Nutella und vielem mehr. Dann fragte er in die Runde, wer gerne dort frühstücken möchte. Es meldeten sich einige „Freiwillige" – auch ich. Und der Pastor lud dann tatsächlich meine Freundin und mich auf die Bühne ein. Das war für mich wirklich eine Gebetserhörung und ein sehr wichtiger Moment. Mir war klar, das Gott mir dadurch sagen wollte: „Hey Nelli! Du gehörst dazu. Du bist ein Teil dieser Gemeinde. Ich lade dich ein, mit dieser Gemeinde an meinem Tisch zu sitzen."

Gott hat sich Gemeinde ausgedacht, weil er wusste, dass wir auf unserem Weg stolpern und dabei vielleicht sogar Jesus aus dem Blick verlieren, wenn wir als Christen allein unterwegs sind. Wir brauchen einander so sehr – um uns gegenseitig zu stärken, zu ermutigen, in schwierigen Situationen zu helfen; um voneinander zu lernen, uns immer wieder neu auf Gott auszurichten. In Apostelgeschichte 2,42 steht über die erste Gemeinde: „Sie blieben aber beständig in der Lehre der Apostel und in der Gemeinschaft und im Brotbrechen und im Gebet." Den ersten Christen war die gemeinsame Zeit des Gottesdienstes sehr wichtig: Sie lernten dabei viel aus der Bibel, beteten miteinander und verbrachten gemeinsam Zeit mit Gott. Regelmäßig erinnerten sie sich daran, dass Gott alles für sie geregelt hat und durch Jesu Tod und seine Auferstehung überhaupt erst eine Beziehung zu ihm möglich ist.

Heute hört man immer wieder, dass Menschen von Gemeinde nichts mehr wissen wollen. Jesus? Ja. Aber Gemeinde? Nein! Vielleicht sind diese Menschen ja verletzt worden von Leuten aus der Gemeinde. Vielleicht hatten sie den Eindruck, dass sie nicht richtig aufgenommen worden sind oder keine Freunde in der Gemeinde gefunden haben. Und deshalb verloren sie irgendwann die Lust auf Gemeinde. „Ich schaff es schon alleine. Ich brauche keine Gemeinde, um an Gott zu glauben", sagen sie. Und, ja klar – für den Glauben an Gott braucht man auch keine Gemeinde. Gott sieht mein Herz an und erkennt sehr gut, ob ich ihn liebe und ihm vertraue. Trotzdem bin ich davon überzeugt, dass Gemeinde – die Gemeinschaft mit anderen Christen – meinen Glauben prägt, unterstützt und voranbringt. Andere können mich dort ermutigen, mir ein Vorbild sein, mir helfen, im Glauben zu wachsen.

Ich weiß nicht, welche Erfahrungen du schon mit Gemeinde gemacht hast. Liebst du deine Gemeinde? Engagierst du dich dort und genießt es, ein Teil von ihr zu sein? Oder bist du frustriert, wenn du an Gemeinde denkst? Vielleicht erinnerst du dich an die Situationen, in denen du den Eindruck hattest, ausgeschlossen zu sein. Und jetzt bist du gar nicht mehr motiviert hinzugehen. Aber weißt du was? Genau das ist der Punkt. Auch in der Gemeinde sind Menschen nicht immer so, wie Gott es gerne hätte. Sie sind halt immer noch Menschen – und können dich verletzen, indem sie dich nicht beachten oder etwas Dummes sagen oder dich nicht ernst nehmen. Ich möchte dich ermutigen: Vergib denen, die dich verletzt haben. Trag ihnen die Schuld nicht mehr nach. Genauso, wie du immer wieder Vergebung brauchst, brauchen auch die Menschen aus deiner Gemeinde Vergebung. Und dann entscheide dich wieder ganz neu für deine Gemeinde. Bete, dass Gott dir dort Freunde schenkt und du erfahren darfst, dass du ein Teil der Gemeinschaft bist. Gott will dich durch deine Gemeinde segnen und weiterbringen!

Und wenn du deine Gemeinde liebst, total begeistert mit dabei bist? Dann danke Gott dafür! Das ist ein großes Geschenk. Bringe dich ein mit deinen Stärken, denn davon lebt jede Gemeinde. (Das kannst du übrigens in Epheser 4,1–16 nachlesen.) Wir alle haben von Gott ganz unterschiedliche Stärken bekommen. Und alle Stärken zusammengenommen sind ein richtiges Feuerwerk. Oder wie ein wunderschönes Mosaik aus vielen bunten Steinchen. Eine Gemeinde wird befeuert, wenn jeder das macht, was er am besten kann. Gott will meine und deine Talente gebrauchen, um etwas viel Größeres daraus zu machen. Und er will dich auch als Gastgeberin gebrauchen: damit sich neue Leute in deiner Gemeinde wohlfühlen und sie ihren Platz in der Gemeinde finden können. Deshalb: Achte auf neue Leute, gehe zu ihnen hin, begrüße sie. Wenn du magst, lade sie doch auch ein, mit dir und deinen Freunden mitzukommen, um zum Beispiel beim Dönermann Mittag zu essen oder etwas mit euch zu unternehmen.

Gemeinde ist Gottes Idee. Und er will dir helfen, deinen Platz dort zu finden!

DO IT *yourself*

Schreib einen Brief an deine Gemeinde

Vielleicht weißt du gerade gar nicht so genau, ob du deine Gemeinde magst oder nicht. Vielleicht ist dir die Gemeinde auch einfach gleichgültig. Was hältst du davon, einen Brief an deine Gemeinde zu schreiben? Frei heraus und ehrlich – du musst ihn niemandem zeigen. Schreibe den Brief so, als wäre die Gemeinde eine Person. Schreib ihr, wie du deine Beziehung zu ihr gerade empfindest. Gut? So lala? Oder ziemlich schlecht? Schreib ihr, was du an ihr toll findest und was dich nervt, womit du Probleme hast und was du dir für sie und von ihr wünschst. Dann bete ganz konkret für deine Gemeinde und auch dafür, dass du deinen Platz in ihr finden und gestalten kannst.

Wo bleibt mein Prinz?

Ach, dass er mich küsse
mit den Küssen seines Mundes,
denn deine Liebe ist köstlicher als Wein.

HOHELIED 1,2; NL

Wo bleibt eigentlich mein Prinz? Diese Frage habe ich mir viele Jahre lang gestellt. Ich hatte schon sehr früh angefangen, von meinem Zukünftigen zu träumen. *Hach, wie schön wäre es doch, jemanden an meiner Seite zu haben! Es wäre wundervoll, jemandem Liebe schenken zu können und von jemandem geliebt zu werden …* In meiner Teenagerzeit war ich immer wieder verliebt oder fand einen der Typen in meinem Umfeld interessant. Es brauchte nicht viel, dass ich für jemanden geschwärmt habe. Da reichte schon ein nettes Lächeln, ein Zwinkern, ein nettes Gespräch. Und ich dachte mir dann gleich: *Hm, könnte das mit uns beiden passen?*

Haben wir nicht alle die romantische Vorstellung, dass irgendwo da draußen ein Prinz auf uns wartet, der uns dann erobert und zu seinem Schloss bringt, dorthin, wo alles nur schön und leicht ist? Tja, wahrscheinlich ist das auch der Grund dafür, dass pausenlos Liebesfilme produziert werden. Viele Mädchen und Frauen sehen nun mal gern Lovestorys an, und es steigen ihnen die Tränen in die Augen, wenn sich auf der Leinwand Geliebter und Geliebte dann endlich in den Armen liegen.

Bei mir selbst hat es ziemlich lange gedauert, bis ich schließlich meinen Prinzen gefunden habe – und er mich. Davor hatte ich einige Beziehungen, die dann leider früher oder später zerbrochen sind. Bei meinem Mann war alles noch mal ganz anders, und es war uns (Achtung, Kitsch! ☺) bereits nach wenigen Stunden klar, dass wir zusammengehören. Im Nachhinein denke ich, dass die vielen Beziehungen, die ich vorher hatte, gar nicht nötig gewesen wären. Ich denke mir jetzt, wie toll es gewesen wäre, wenn ich entspannter und vertrauensvoller auf den Richtigen gewartet hätte, wenn ich die Zeit, in der ich unglücklich verliebt oder in Träumereien verstrickt war, frei und fröhlich mein Leben gelebt hätte …

Ich weiß natürlich, dass es unnütz ist, darüber nachzudenken, was gewesen wäre, wenn … Aber ich möchte dir von meinen Erfahrungen gern etwas weitergeben:

Statt dich ständig mit der Partnersuche zu beschäftigen, konzentriere dich lieber auf dich und die Dinge, die dir wichtig sind – und auf die Menschen, die dir wirklich am Herzen liegen. Die Sehnsucht nach dem „Märchenprinzen" ist manchmal so ein Grundgefühl, weil wir vielleicht den Eindruck haben, dass uns irgendetwas fehlt. Aber es ist so wichtig, dass wir mit dieser unbestimmten Sehnsucht immer wieder zu Gott kommen, ihm unser Herz hinhalten und sagen: „Du, ich spüre gerade, dass ich jemanden an meiner Seite vermisse." Es ist in Ordnung, dass du dieses Gefühl hast! Gott hat dich geschaffen und dir auch diese Sehnsucht ins Herz gelegt. Aber geh einen Schritt weiter und lass diese Sehnsucht los – sie ist bei Gott gut aufgehoben. Ich weiß, dass das schwierig umzusetzen ist, aber versuche es, immer wieder. Verbringe bewusst Zeit mit Gott – das wird dich prägen und dich auch für deinen Zukünftigen schöner machen.

Mein zweiter Rat: Gehe keine Beziehung ein, nur weil dich gerade jemand angelächelt hat. Du bist es schließlich wert, dass du dich nicht an den Erstbesten hängen musst! Frage stattdessen Gott, was für dich jetzt dran ist. Bitte ihn, deinen Charakter zu formen und dich mehr und mehr zu dem Menschen zu machen, der du sein sollst. Dieser Veränderungsprozess ist wichtig, und du tust dir selbst Gutes, wenn du ihn zulässt. Mach dir bewusst, dass dein Leben sich um Gott dreht und nicht um dich selbst, und bete dafür, dass du immer wieder einen Schritt zurücktrittst, um ihn machen zu lassen.

Ja, die Sache mit der Sehnsucht nach Mr Right ist nicht easy. Deshalb: Lass es zu, dass Jesus die Stelle deines imaginären Prinzen einnimmt. Lass dich von Jesus lieben und küssen. Du wirst erleben, dass du immer mehr erkennst, in welcher grenzenlosen Liebe du leben darfst. Das wird dich prägen und verändern. Und du wirst ganz sicher auch die Erfahrung machen, dass die Sehnsucht nach einem Prinzen etwas kleiner wird und du innerlich zufriedener bist. Das wird etwas mit deiner Ausstrahlung machen – Frauen, die wissen, dass sie bedingungslos geliebt und angenommen sind, wirken unheimlich anziehend auf andere. Sie brauchen dafür nicht erst einen Prinzen, der ihnen das sagt.

DO IT yourself

Ein Brief an Jesus

Schreib einen Brief an Jesus, in dem du ihm den Platz des Sehnsuchts-Prinzen abgibst. Schreibe ihm, was du fühlst, wenn du an ihn – an Jesus – denkst und was du an ihm schätzt. Lass zu, dass auch deine romantischen Gedanken und Gefühle in die Beziehung zu Jesus fließen. Entscheide dich heute dafür, mit Jesus zu leben und nicht ständig Ausschau nach deinem Mr Right zu halten. Wenn Jesus dir dann irgendwann einen Mann über den Weg schickt, wirst du es erkennen.

Der Tanz um die eigene Achse

Wer von diesem Wasser trinkt,
den wird wieder dürsten;
wer aber von dem Wasser trinkt,
das ich ihm gebe, den wird in Ewigkeit
nicht dürsten, sondern das Wasser,
das ich ihm geben werde,
das wird in ihm eine Quelle des Wassers werden,
das in das ewige Leben quillt.

JOHANNES 4,13–14; LU

Kürzlich waren mein Mann Christian und ich in einem kleinen schnuckeligen Café frühstücken. Es war so klein, dass kaum Leute Platz nehmen konnten. Innendrin war nur Platz für sechs Personen und auf der Terrasse dann noch mal für vielleicht zehn. Also wirklich sehr klein! Deshalb bekam ich leicht Panik, dass wir am Ende mit dem Frühstück in der Hand, aber ohne Platz dastehen würden. Deswegen schlug ich Christian vor, er könnte ja schon mal unser Frühstück bestellen und ich würde währenddessen einen schönen Platz für uns freihalten. Im Nachhinein stellte ich fest, dass das ganz schön egoistisch war. Ich handelte nach dem Motto: Hauptsache, *wir* haben einen schönen Platz, um gemütlich zu frühstücken. Die anderen Gäste im Café waren mir in diesem Moment ganz egal.

Auch in anderen Situationen bin ich manchmal ziemlich egoistisch. Zum Beispiel, wenn es darum geht, dass ich meine Wünsche fürs Wochenende mal zurückstecke und mich auf die von meinem Mann einlasse. Oder wenn ich darauf bedacht bin, dass ich möglichst den besten Platz auf einer Feier bekomme. Dass Menschen meine Erwartungen erfüllen. Dass auf meine Meinung gehört und sie auch umgesetzt wird. Dass alle nach meiner Pfeife tanzen. Hauptsache, mir geht es gut. Hauptsache, ich komme am besten weg. Hauptsache, der letzte Nutella-Rest aus dem Glas gehört mir. Ich. Ich. Ich.

Aber darf ich dir was verraten? Ich habe festgestellt, dass das Drehen um sich selbst und die eigenen Bedürfnisse sehr unglücklich macht. Ständig konzentriert man sich dann nämlich auf das, was einem fehlt, oder auf das, was nicht so läuft, wie man es vielleicht gerne hätte. Und dann spürt man Frust und Unzufriedenheit. Ja, warum enttäuschen mich die anderen ständig? Warum kann ich nicht auf Freunde zählen, wenn ich sie brauche? Das Leben hält sich eben nicht an meine Erwartungen, und auch Menschen spielen mir nicht immer in die Karten. Der Frust, dass mir viele Dinge fehlen, überträgt sich dann schnell auch auf die Leute um mich herum.

Wer wirklich erwartet, dass andere Menschen für das eigene Glück zuständig und sie dran schuld sind, wenn man sich nicht gut fühlt, wird im Leben niemals glücklich werden. Denn dass andere für mein persönliches Glück oder Unglück verantwortlich sind, stimmt einfach nicht. Ich allein entscheide, wie ich mit Enttäuschungen umgehe, und ich selbst bin dafür verantwortlich, wie ich in bestimmten Situationen reagiere. Und ich kann mich dazu entschließen, glücklich zu sein, auch wenn nicht alles in meinem Leben glattläuft. Glaub mir, es ist ziemlich leichtsinnig, seine Freude und sein Glück von anderen Menschen abhängig zu machen. Es ist auch sehr gefährlich (und gleichzeitig unangenehm für andere), wenn man an Menschen klebt und die Zeit mit ihnen bettelnd einfordert. Dieses Gefühl, dass jemand an einem klebt wie eine Klette, mag niemand.

Wohin dann mit all deinen Erwartungen, Wünschen, Hoffnungen, Enttäuschungen? Komm mit deinem hungrigen Herzen zu Jesus. In Johannes 4,13–14 (LU) sagt Jesus: „Wer von diesem Wasser trinkt, den wird wieder dürsten; wer aber von dem Wasser trinkt, das ich ihm gebe, den wird in Ewigkeit nicht dürsten, sondern das Wasser, das ich ihm geben werde, das wird in ihm eine Quelle des Wassers werden, das in das ewige Leben quillt." Diese Verse betonen, dass wir immer wieder Durst haben werden. Ganz egal, wie sehr oder wie wenig Menschen unsere Wünsche und Erwartungen erfüllen. Unser Herz wird immer noch mehr fordern und sich noch mehr wünschen. Aber Jesus kennt Wege und Möglichkeiten, wie unser Herz zutiefst erfüllt werden kann. Jesus bietet uns an, mit unseren Wünschen und Erwartungen zu ihm zu kommen. Und er will uns von unserer Ich-Sucht und unserem Egoismus heilen. Er zeigt uns, wie wir aus diesem Tanz um die eigene Achse aussteigen und stattdessen anfangen können, uns nur noch um Jesus zu drehen.

Es braucht immer wieder Disziplin und Erinnerungen von Jesus, damit wir nicht im Ego-Sumpf stecken bleiben – und uns wieder zu Jesus umdrehen. Vermutlich ist das ein Kampf, den wir leider unser ganzes Leben führen werden. Zu verlockend ist es, sich in den Mittelpunkt zu stellen. Und sich nur noch um die eigenen Wünsche und Träume, sein Aussehen, seinen Besitz und seine Ziele zu kümmern. Aber wenn wir aussteigen, werden wir merken, dass wir frei werden. Frei für andere Menschen – frei, um uns um das Wohl derer zu kümmern, die es dringend brauchen. Wir werden frei, anderen Menschen Gutes zu wünschen und sie zu segnen. Wir werden frei, Menschen Freude zu bereiten und den anderen höher zu achten als uns selbst (nach Philipper 2,3). Wir werden frei, zu lieben und zu genießen und werden dadurch selbst beschenkt werden. Der Weg raus aus dem Tanz um die eigene Achse ist der Weg raus aus der Enge – hinein in die Freiheit.

DO IT yourself

Gebetsgutscheine verteilen und für andere beten

Das Wegschauen von sich hin auf andere braucht immer wieder Gottes Hilfe und Unterstützung. Gleichzeitig muss es aber auch eingeübt und trainiert werden. Zu schnell wendet sich der Blick von anderen wieder auf uns selber. Wie wäre es, wenn du dir drei Personen aussuchst und ihnen jeweils einen Gebetsgutschein schenkst? Sie können dann, wenn sie es brauchen und es sich wünschen, den Gutschein bei dir abgeben. Du könntest ihnen zum Beispiel versprechen, eine ganze Woche täglich fünf Minuten für ihre Anliegen zu beten und dich so wirklich bewusst und auch ein wenig langfristiger hinter sie im Gebet zu stellen. Ich glaube, jeder Mensch freut sich riesig darüber, wenn er weiß, dass da jemand für ihn betet. Und wer weiß, was Gott noch alles geplant hat? Vielleicht wirst du dadurch sogar Teil eines Wunders?

Willkommen zu Hause, Königstochter!

Die ihn aber aufnahmen und an ihn glaubten,
denen gab er das Recht, Kinder Gottes zu werden.

JOHANNES 1,12; HFA

Fühlst du dich gerade geborgen? Weißt du, wohin du gehörst und wo dein Zuhause ist? Wenn ich bei Google die Frage „Wohin gehöre ich?" eingebe, werden 407 000 Treffer angezeigt, und bei der Frage „Wo ist mein Zuhause?" sage und schreibe 9 830 000 Treffer! Viele Menschen wissen nicht, wohin sie gehören. Nicht nur Menschen, die ihre Heimat verloren haben, weil sie aus ihrem Land fliehen mussten. Auch wenn man gerade umgezogen ist und sich an einem fremden Ort zurechtfinden muss oder die Eltern sich getrennt haben, kann man sich diese Frage stellen: Wohin gehöre ich?

Ich glaube, dass jeder von uns eine ganz tiefe Sehnsucht nach Heimat in seinem Herzen trägt. Dahinter verbirgt sich die Sehnsucht nach Sicherheit, nach Angenommensein und nach Bedeutung. Es gibt in der Bibel eine Geschichte von einem jungen Mann, der alles verloren hatte. Als nichts mehr geht, erinnert er sich an seinen Vater und setzt seinen allerletzten Funken Hoffnung auf ihn. So geht er mit einem sehr mulmigen Gefühl zurück in Richtung Heimat. Der Vater sieht seinen Sohn schon von Weitem kommen und läuft ihm voller Liebe und Mitleid entgegen, schließt ihn in die Arme und organisiert ein Fest für ihn. Großartig, oder? Obwohl der Sohn es wirklich verbockt hatte (lies mal die ganze Geschichte in Lukas 15), reagiert der Vater so liebevoll. Die Story soll uns zeigen, wie Gott eigentlich drauf ist: Er ist wie der Vater in dieser Geschichte. Er schaut nicht darauf, ob du gerade den Mega-Erfolg hast oder in allem perfekt und tadellos bist. Er liebt dich so, wie du jetzt gerade bist. Ohne irgendwelche Bedingungen. Er nimmt dich wahr, versteht dich und deine Gefühle. Er nimmt deine Fragen ernst und hört sich deine Zweifel an. Er kann dich nicht noch mehr lieben, als er es jetzt, in genau diesem Augenblick, tut. Er kümmert sich um dich, weil du sein Kind bist. Und als Kind Gottes hast du sehr viele Privilegien:

Du darfst vertrauen. Kleine Kinder sind oft sehr furchtlos. Sie stellen sich auf eine kleine Mauer und springen einfach in die Arme von Papa. Manchmal gucken sie noch nicht mal, ob er auch wirklich fangbereit ist. Sie haben keine Bedenken, Ängste oder Zweifel. Krass, oder? Als Kinder Gottes müssen wir auch keine Angst haben. In seinen Armen sind wir sicher und geborgen. Daher dürfen wir uns immer wieder dazu entscheiden, Ängste loszulassen, und darauf zu vertrauen, dass Gott alles gut macht und er einen guten Plan für unser Leben hat.

Du darfst lernen. Konntest du direkt nach deiner Geburt Fahrrad fahren? Natürlich nicht, so etwas braucht Zeit. Als Kinder Gottes dürfen wir auch in Ruhe lernen: lernen zu lieben, Gott zu vertrauen, mutige Schritte zu gehen. Und Gott hat viel Geduld mit uns!

Du darfst Fehler machen und wieder aufstehen. Würde meine Schwester ihrer kleinen Tochter kündigen, wenn sie mit Wachsmalstiften an die Wand malen würde? Unter keinen Umständen. Sie liebt ihre kleine Tochter über alles! Genauso ist auch Gott: Er ist Gnade, und weil er Gnade ist, bringt es ihn nicht aus dem Konzept, wenn wir mal was verbockt haben. Auch wenn wir Dreck an unseren Händen haben, dürfen wir zu Gott gehen. Er sehnt sich danach, sie liebevoll wieder sauber zu waschen.

Du darfst neugierig sein und Fragen stellen. Gott ist Gott und so unendlich viel größer als wir selbst. Er erwartet nicht, dass wir alles verstehen. Es gibt so viele Stellen in der Bibel, die widersprüchlich oder unverständlich zu sein scheinen. Ja, Gott ist so viel größer als wir. Deswegen dürfen wir Fragen stellen und ihn um Erkenntnis bitten – und auch akzeptieren, wenn wir auf einige Fragen keine Antworten bekommen.

Du darfst genießen. In Psalm 34,9 steht: „Seht und schmeckt die Freundlichkeit des Herrn." Wofür bist du dankbar? Was genießt du gerade? Als Kind Gottes darfst du dein Leben genießen. Er möchte, dass wir uns wohlfühlen und uns freuen können über das, was er uns schenkt.

Du darfst dich bei Gott ausruhen. Wie ein Baby in den Armen seiner Mutter dürfen wir in Gottes Armen zur Ruhe kommen, chillen, einfach bei ihm sein. Fang an, dich bewusst bei Gott auszuruhen. „Kommt her zu mir alle, die ihr mühselig und beladen seid, ich will euch erquicken“ (Matthäus 11,28; LU).

Ja, du darfst ganz Kind Gottes sein. Gott ist König und du bist seine Königstochter! Die Tür zu seinem Zuhause steht jederzeit sperrangelweit für dich offen. Kommst du zu ihm?

DO IT yourself

Eine Krone aus bunten Washitape-Streifen

Erinnere dich daran, dass du eine Königstochter bist. Wie wäre es, wenn du dir eine Krone aus Washitape (buntes Klebeband von der Rolle) auf deinen Spiegel zauberst? Stell dich dafür vor deinen Spiegel. In welcher Höhe endet dein Kopf? Genau dort klebst du den unteren Rand der Krone mit einem etwa 10–12 Zentimeter langen Streifen. Klebe dann die beiden Seiten der Krone mit zwei gleich langen Streifen und forme anschließend aus vier kurzen (jeweils etwa fünf Zentimeter langen) Klebestreifen die Zacken. Klebe alle Streifen sorgfältig auf, sodass es am Ende so aussieht, als würdest du diese Krone tatsächlich tragen. Lass dich von der „Spiegelkrone“ immer wieder daran erinnern, dass du eine Königstochter bist!

Zweifel dich durch!

Es ist aber der Glaube
eine feste Zuversicht dessen, was man hofft,
und ein Nichtzweifeln an dem,
was man nicht sieht.

HEBRÄER 11,1; LU

Liebt Gott mich wirklich? Ist er wirklich da, wenn er Leid zulässt? Hört er mich überhaupt, wenn ich bete? Hat er einen guten Plan für mein Leben? Kennst du Momente, in denen du alles infrage stellst und dir auch gar nicht mehr sicher bist, ob es Gott wirklich gibt? Ich persönlich habe eigentlich noch nie an der Existenz Gottes gezweifelt. Was mir meine Eltern und Großeltern weitergegeben haben, hat sich in meinem Kinderherzen verankert und ist mit den Jahren zu meinem eigenen Glauben geworden. Auch den Gedanken, dass Gott mich liebt, habe ich vom Kopf her niemals infrage gestellt. Aber wenn ich ehrlich bin: Mein Herz zweifelt immer mal wieder daran. Zum Beispiel, wenn ich mich von ihm benachteiligt fühle, weil ich lange auf etwas warten muss, oder wenn ich mich selbst gerade nicht mag. Dann läuft alles Wissen über Gott schnell ins Leere.

So ging es mir auch an jenem Tag, an dem ich extrem traurig war und gedankenverloren und ziellos durch meinen Wohnort lief. Ich betete und hoffte, dass Gott sich mir auf eine ganz klare Weise zeigen würde. Denn irgendwie schien er für mich gerade so weit weg zu sein. So unerreichbar und unnahbar. Doch was ich dann erlebte, war so viel mehr, als ich je zu hoffen gewagt hatte …

An einer Straßenecke begegnete ich Norbert, einem knapp 60 Jahre alten Landstreicher. Er grüßte mich freundlich von der anderen Straßenseite und plapperte fröhlich, dass er zwar sein Liebstes vor wenigen Tagen verloren hätte, doch Jesus bei ihm sei. „Ähm, Jesus? Bist du auch mit ihm unterwegs?“, fragte ich ihn erstaunt. „Ja klar, er ist mein treuer Begleiter“, antwortete er und seine strahlenden Augen sprachen Bände. Ich staunte nicht schlecht. Norbert verwickelte mich schnell in eine anregende Unterhaltung und zitierte auch einige Bibelverse, die gerade zum Gespräch zu passen schienen. Sein Herz war voller Vertrauen, Dankbarkeit und Freude.

Als ich mich von ihm verabschieden wollte, bot er an, mich zu begleiten. Bald kamen wir an seiner Hütte vorbei und ich ließ mich auf einen kleinen Zwischenstopp bei ihm ein. Wir setzten uns unter freiem Himmel auf Baumstümpfe, Norbert holte seine Gitarre und fing an, aus voller Kehle ein paar selbst geschriebene Songs zu spielen. Die Begegnung mit Norbert, seine Freude, die vielen tröstenden Bibelworte, das ehrliche Gespräch über Gott und der wunderbare Sound seiner Gitarre … all das berührte mein Herz. Und ich war ergriffen davon, dass Gott mein Gebet auf so besondere Weise erhört hatte. Er war mir durch Norbert begegnet. Als ich mich dann auf den Nachhauseweg machte, war mein Herz so leicht und voller Vertrauen. Diesen Tag werde ich so schnell nicht vergessen. Gott hatte mir in genau dem Moment, als mein Herz voller Zweifel und Trauer war, diese Begegnung geschenkt. Sie hat mich gelehrt, dass Gott mich im Blick hat – und ihm sehr viel daran liegt, mich wieder froh zu machen.

Natürlich, solche eindrücklichen Erlebnisse passieren nicht immer, wenn wir gerade zweifeln und Gott uns sehr weit weg scheint. Aber sie geschehen immer wieder. Und dann kann es manchmal auch sein, dass wir daran zweifeln, dass Gott uns gerade auf besondere Weise begegnet ist. *War das jetzt wirklich ein Wunder?*, fragen wir uns. *Wäre das nicht auch einfach so passiert? Dichte ich in eine normale Alltagsbegegnung nicht zu viel rein?* Klar, wenn wir eine besondere Erfahrung mit Gott machen, schickt er uns nicht noch zusätzlich eine WhatsApp mit der Info: „Achtung, das war ich. Lieben Gruß, Gott". Aber wir dürfen uns dafür entscheiden, daran zu glauben, dass das jetzt von Gott war und er selbst gehandelt hat. Weil er uns versprochen hat, in herausfordernden Zeiten ganz nahe zu sein.

Ich ermutige dich: Sei offen für sein Eingreifen, gerade dann, wenn du an ihm und seinem guten Weg für dich zweifelst. „Was ist nun also der Glaube? Er ist das Vertrauen darauf, dass das, was wir hoffen, sich erfüllen wird, und die Überzeugung, dass das, was man nicht sieht, existiert“ (Hebräer 11,1; NL). An diesem Vers wird deutlich, dass der Glaube eine Entscheidungssache ist: *Will* ich glauben und vertrauen – oder nicht? Denn unser Vertrauen auf Gott wird immer wieder herausgefordert werden. Aber wenn das passiert, dürfen wir uns auf seine Seite schlagen und uns an den Erfahrungen mit Gott festhalten, die wir bisher mit ihm gemacht haben. Wenn er in der Vergangenheit gehandelt hat, wird er es auch weiterhin tun. Vertraue darauf und bitte Gott, dass er dir begegnet!

DO IT yourself

Die Wunderliste

Manchmal können wir besondere Erfahrungen, die wir früher mit Gott gemacht haben, in harten Zeiten nur schwer abrufen. Vielleicht wollen wir uns nicht daran erinnern oder können es einfach auch nicht, weil uns so schwer ums Herz ist. Wie wäre es, wenn du dir eine „Wunderliste“ anlegst, die dich in Momenten des Zweifels und schwierigen Phasen an Gottes Güte und Liebe erinnert? Schreibe auf, wann und wo Gott dir besonders nahe war, wo er dir auf besondere Weise begegnet ist – wo du ein kleines oder großes Wunder erlebt hast. Klebe dir das Blatt auf die Innenseite deiner Kleiderschranktür, sodass du sie immer wieder vor Augen hast. Entscheide dich in herausfordernden Momenten dafür, Gott zu vertrauen. Du wirst erleben, dass dein Glaube wächst und dein Vertrauen stärker wird!

Hübsch, hübscher, am hübschesten

Nicht der äußerliche Schmuck –
wie kunstvolle Frisuren, goldene Ketten oder
aufwendige Kleidung – soll euch Frauen auszeichnen.
Eure Schönheit soll von innen kommen!
Ein freundliches und ausgeglichenes Wesen
ist euer unvergänglicher Schmuck.
Das ist es, was Gott als wirklich kostbar ansieht.

1. PETRUS 3,3–4; HFA

Findest du dich schön? Puh – gar nicht so einfach zu beantworten, oder? Wir Frauen denken doch bei so einer Frage nicht zuerst an unsere schönen Haare, unsere ausdrucksstarken Augen, unsere schönen Hände – sondern zuallererst an die paar Kilos zu viel auf der Waage, die markante Nase, die vielleicht zu großen Füße und die Pickel auf unserer Haut. Oder? Oft sind uns die Dinge, mit denen wir zu kämpfen haben und die uns frustrieren, präsenter als das, was eigentlich ganz schön ist. Wir versuchen, das, was uns negativ erscheint, zu kaschieren und zu bedecken. Wir gehen shoppen und schminken uns, treiben Sport und frisieren uns – und beäugen uns ständig mit kritischem Blick. Kein Wunder, dass die Schönheitsindustrie und all die vielen Mode- und Fitnessunternehmen versuchen, uns die „perfekte Lösung" anzubieten! Das beste Make-up, die wirkungsvollste Creme, die ultimative Diät, das perfekte Outfit, das effizienteste Body-Workout … Glaubt man den Werbeversprechen, dann wollen all diese Dienstleister nichts weniger, als uns „hübsch" und „schön" zu machen.

Wie sehr wir uns auch um unser Äußeres bemühen und wie diszipliniert wir auch an unserer Schönheit arbeiten, ein Problem bleibt: Die Schönheitsindustrie kann kein Abo für strahlende Augen anbieten oder einen „hübschen Charakter" in Tuben verkaufen. Keine Modefirma kann ein „zufriedenes Herz" zusammen mit einem schönen Oberteil anbieten. Noch nicht einmal der beste Schönheitschirurg der Welt kann ein unzufriedenes Herz in ein zufriedenes verwandeln. Wenn es um die innere Schönheit geht, sind ihnen allen die Hände gebunden. Was sie bieten können, sind nur rein äußerliche Dinge. Doch was viel wichtiger ist als das perfekte Make-up und die aufwendige Frisur, können uns Dove, Labello, Jade, Fructis, H&M und Zara nicht bieten. Da sind sie überfragt.

„Nicht der äußerliche Schmuck – wie kunstvolle Frisuren, goldene Ketten oder aufwendige Kleidung – soll euch Frauen auszeichnen. Eure Schönheit soll von innen kommen! Ein freundliches und ausgeglichenes Wesen ist euer unvergänglicher Schmuck. Das ist es, was Gott als wirklich kostbar ansieht.“ Das steht in der Bibel, genauer gesagt in 1. Petrus 3,3–4 (Hfa). Nein, dieser Vers sagt nicht, dass es verboten ist, sich hübsch zu machen. Aber er weist darauf hin, dass die äußere Schönheit nicht die entscheidende Rolle spielt. Viel wichtiger als das perfekte Outfit und das beste Make-up ist der Charakter, das, was einen Menschen von innen her schön macht.

Wie man diese innere Schönheit bekommt? Ich bin davon überzeugt, dass Jesus selbst uns schön macht. Wenn wir ihm unser Herz hinhalten und ihm erlauben, mit uns Zeit zu verbringen, uns zu prägen mit dem, was ihm wichtig ist, dann wird die Schönheit aus unserem Inneren nach außen strahlen. Dann werden wir verstehen, dass die äußere Schönheit nicht nötig ist, um uns schön zu fühlen und von anderen geliebt zu werden. Ja, wenn wir mehr und mehr begreifen, dass er uns liebt, werden wir anfangen, uns auch selbst zu lieben – auch und gerade dann, wenn wir einen Pickel auf der Stirn haben oder nicht super gestylt sind. Wir werden erleben, dass seine Liebe zu uns unsere große Sehnsucht nach Liebe und Wertschätzung stillen wird.

Hast du schon mal ältere Menschen lachen und strahlen gesehen? Sie versprühen dann oft einen ganz besonderen Glanz, trotz der Falten in ihrem Gesicht. Was sie schön macht, ist ihre Ausstrahlung. Innere Schönheit ist also ganz unabhängig davon, wie alt man ist, welche Figur man hat und wie man angezogen ist. Dagegen gibt es viele Menschen, die zwar stets darauf bedacht sind, immer perfekt angezogen und gestylt zu sein, aber komplett vergessen haben, sich um ihre innere Schönheit zu kümmern. Sie sind unzufrieden, freudlos, grimmig, ungeduldig, undankbar oder gar verbittert. Und das macht einen Menschen nicht schön, auch wenn er vielleicht bildhübsch ist.

Wenn wir uns um unsere innere Schönheit kümmern, beschenken wir uns und andere Menschen damit und machen Gott eine Freude. Natürlich dürfen wir uns dann trotzdem noch schminken und schöne Klamotten tragen. Aber wir werden es dann nicht mehr tun, um von anderen geliebt zu werden, sondern weil wir damit zeigen wollen, dass wir uns selbst schön finden, im Reinen mit uns sind und uns gerne im Spiegel anschauen.

DO IT yourself

Lippenpflege aus Honig und Quark

Warum verwöhnst du nicht einfach mal deine Lippen? Am besten entscheidest du dich für Naturhonig, den du pur auf die Lippen aufträgst. Lass den Honig etwa zehn Minuten einwirken und tupfe ihn dann vorsichtig mit einem Tuch ab. Auch wenn die Versuchung groß ist: Lecke ihn nicht ab – der Speichel würde die Lippen wieder austrocknen. Wenn du besonders trockene Lippen hast, die bereits rissig sind und schmerzen, kannst du zwei Hausmittel miteinander kombinieren: Honig und Quark. Honig pflegt und der Quark kühlt und beruhigt. Eine Creme aus beiden Zutaten vereint diese Eigenschaften. Verrühre den flüssigen Honig mit etwas Quark und trage die Paste auf die trockenen Lippen auf. Schon bald wirst du die wohltuende Wirkung spüren!

Nach zehn Minuten kannst du die Creme wieder abtupfen.* Egal, ob pur oder als Quarkcreme: Nach einigen Anwendungen wirst du bemerken, dass deine Lippen wieder weich und geschmeidig bleiben. Meine Freundin Sonja hat mir das bestätigt. ☺
So eine Verwöhnkur ist eine wunderbare Sache. Vergiss nicht, auch dein Inneres immer wieder zu pflegen – am besten geht das, wenn du mit Gott, dem besten Schönheitsspezialisten im ganzen Universum, in Verbindung bleibst.

* Ein Schönheitstipp aus dem Online-Magazin „Freundin“ http://www.freundin.de/beauty-lippenpflege-honig-und-co-hausmittel-gegen-trockene-lippen-157819.html

Lass Segen regnen!

Geben ist seliger als nehmen.

APOSTELGESCHICHTE 20,35; LU

Mein Mann Christian ist ein sehr großzügiger Mensch und gibt sehr gerne. Ich gebe auch gerne, aber bin doch weit weniger großzügig als er. Ja, es gab schon Momente, wo mich seine Großzügigkeit echt herausgefordert hat und irgendwie auch ein wenig gestresst hat. Muss man denn wirklich so viel geben? Geht nicht auch weniger? Ich habe mich aber dann dazu entschlossen, von ihm zu lernen und mein Herz für das Thema aufzumachen.

Arno Backhaus hat mal gesagt: „Alles, was du nicht teilen willst, besitzt dich." Eine echt spannende Aussage mit einer tiefen Wahrheit. Wir Menschen wollen am liebsten möglichst viel haben. *Mein* Geld, *meine* Kleidung, *mein* Zimmer, *meine* Freunde, *meine* Zeit. Wir meinen, dass es uns reich und glücklich macht, wenn wir etwas „haben". Aber das ist falsch. Wenn wir nicht teilen und geben, werden uns all diese schönen Dinge besitzen. Anstatt dass wir durch die Dinge, die wir haben, *reich* werden, werden wir *arm*. Was passiert eigentlich, wenn wir geben – miteinander teilen?

Wenn wir geben, schützen wir uns vor Habgier und Egoismus. In unserer westlichen Welt haben wir unendlich viele Möglichkeiten, zu konsumieren und zu kaufen. Wenn wir nicht darauf achten, können wir schnell in einem Strudel des Kaufens gefangen sein. Dann gehen wir shoppen, um ums gut zu fühlen und glücklich zu sein. Dieses Glücksgefühl hält allerdings nicht lange an. Bald brauchen wir wieder etwas Neues und gehen wieder shoppen … So fangen wir an, uns nur noch um uns selber zu drehen. Das tut auf Dauer alles andere als gut. Wenn wir geben, brechen wir den Kreislauf des Nehmens. Wir lösen den Blick von uns selbst und schauen, wie wir anderen helfen und sie beschenken können.

Wenn wir geben, wird uns gegeben.

Wenn wir großzügig leben, dann wird uns gegeben. Gott lässt keine Gabe unbelohnt. In Maleachi 3,10 stehen die erstaunlichen Verse: „Bringt aber die Zehnten in voller Höhe in mein Vorratshaus, auf dass in meinem Hause Speise sei, und prüft mich hiermit, spricht der Herr Zebaoth, ob ich euch dann nicht des Himmels Fenster auftun werde und Segen herabschütten die Fülle." Gott lässt sich an dieser Stelle herausfordern und verspricht, jede Gabe vielfältig zu segnen! Das heißt allerdings nicht unbedingt, dass er uns materielle Dinge schenkt, wenn wir etwas von unserem Besitz, unserem Geld oder unserer Zeit abgeben. Aber wir werden gesegnet werden, wenn wir etwas von uns verschenken. Probier es aus und lass dich überraschen!

Wenn wir jemandem Gutes tun, tun wir Jesus Gutes.

In Matthäus 25,45 sagt Jesus: „Was ihr nicht getan habt einem von diesen Geringsten, das habt ihr mir auch nicht getan." Jesus stellt sich bewusst zu den Armen und Schwachen, und fordert uns auf, diese Menschen in den Blick zu nehmen. Genau das lebte er uns auch vor: Ständig hing er mit den Außenseitern ab. Er „brauchte" es nicht für sein Ego, nur mit den Menschen, die gesellschaftlich anerkannt waren, gesehen zu werden. Vielmehr war er barmherzig und fürsorglich. Diese Charaktereigenschaft wünscht er sich auch von seinen Nachfolgern.

Wenn wir geben, sammeln wir himmlische Schätze.

Jesus wusste genau, dass wir uns nur allzu gern vom Reichtum blenden lassen. Daher erinnert er in Matthäus 6,19–21 daran, dass alle Schätze auf der Erde vergänglich sind: „Ihr sollt euch nicht Schätze sammeln auf Erden, wo Motten und Rost sie fressen und wo Diebe einbrechen und stehlen. Sammelt euch aber Schätze im Himmel, wo weder Motten noch Rost sie fressen und wo Diebe nicht einbrechen und stehlen. Denn wo dein Schatz ist, da ist auch dein Herz." Wenn wir anderen Gutes tun, dann vermehren sich unsere Schätze auf unserem himmlischen „Bankkonto".

Sicherlich gibt es noch viele weitere Gründe, warum wir großzügig geben sollten. Ich finde den Gedanken, dass wir mit unserem Besitz etwas bewegen können, wundervoll. Wenn wir zum Beispiel etwas von unserem Geld abgeben, können Kinder in einem armen Land zur Schule gehen. Wenn wir Zeit oder ein Lächeln verschenken, können andere dadurch ermutigt werden. So passiert sehr viel Gutes auf dieser Welt!

DO IT yourself

Der Segen-Regen

Fällt dir jemand ein, der dringend Geld oder anderweitig Hilfe benötigt? Wen könntest du mit Geld großzügig beschenken? Überlege doch mal, ob ihr als Teenkreis oder als Schulklasse eine Patenschaft für ein Kind in Not übernehmen könnt. Fange an, mit dem, was Gott dir an Geld (und anderen Dingen) zur Verfügung gestellt hat, verantwortungsbewusst umzugehen und dies nicht nur für dich und dein Wohl einzusetzen. Lass dir von Gott zeigen, wo Menschen sind, denen du helfen kannst. Lass Segen auf andere Menschen regnen und erlebe, wie du dadurch selbst in einen Segen-Regen kommst!

Gott sieht dich

Ich aber bin gekommen,
um ihnen Leben zu bringen –
Leben in ganzer Fülle.

JOHANNES 10,10; NGÜ

Kennst du das? Mal schnell auf Insta das Bild von der letzten Fete hochladen, beim Abspacken mit der Freundin 'nen kurzen Snap. Mal kurz ein Lebenszeichen von sich geben, etwas posten und anderen damit zeigen: „Hallo! Ich habe gerade so viel Spaß." „Mir geht es gut." „Ich habe ein neues Oberteil." „Ich sehe heute voll gut aus." „Ich habe gerade etwas ganz Neues entdeckt." „Ich bin erfolgreich."

Wir alle sehnen uns danach, gesehen und geliebt zu werden. Dafür halten wir gerne Momente fest, um diese mit Menschen, die uns was bedeuten, zu teilen – wenn schon nicht real, dann wenigstens über die sozialen Medien. Wenigstens da wollen wir geherzt und gelikt werden und das wohlige Gefühl haben: Ja, ich werde wahrgenommen! Wir versuchen ständig, uns von unserer besten Seite zu zeigen und anderen zu vermitteln: Hey, ich bin glücklich, ich hab Spaß. Charmanter Freund, gute Noten, Topfigur, fresher Style, viele Freunde, #läuftbeimir. Im Internet bekommen wir sogar Tipps, wie wir die vorteilhaftesten Selfies von uns machen und uns am besten in Szene setzen können, um noch sympathischer und noch attraktiver zu wirken. Puh, es ist doch ganz schön stressig, wenn man nach außen ein makelloses Leben präsentieren soll, das keine „Das fehlt mir leider noch"-Lücke aufweist, oder?

Wir sind permanent mit den sozialen Medien beschäftigt, weil wir so einen großen Hunger nach Liebe und Anerkennung haben. Weil wir für andere sichtbar sein wollen, interessant und inspirierend. Weil wir nicht in der Bedeutungslosigkeit enden wollen. Man lebt schließlich nur einmal! Wie toll wäre es, ganz groß rauszukommen und bekannt zu werden – ein YouTube-Star zu werden … immer mehr Follower zu haben …

Stell dir vor: Während du postest, whatsappst, snappst und likest, ist Gott bei dir. Die ganze Zeit. Er nimmt dich wahr. Er folgt dir. So real, wie du gehen und lachen kannst, so real bist du für ihn. Er sieht dich liebevoll an. Fotografiert dich. Und drückt dich. Du bist sein Kind. Er liebt dich mehr als der beste Vater der Welt es tun könnte. Er hört dein Lachen, versteht deine Gefühle und Gedanken, sieht, was du tust. Er nimmt deine Fragen ernst und deine Zweifel lassen ihn nicht kalt. Er möchte dich freimachen von dem Bedürfnis, bei anderen Menschen Anerkennung und Liebe zu bekommen. Denn er selbst will dir Anerkennung und Liebe schenken! Er will dich befreien von deiner Angst, nicht zu genügen, und sagt zu dir: „Hey, weil ich alles für dich getan habe, bist du genug. Gib mir deine ‚So sieht mein Traumleben aus'-Liste, denn ich will dir ein noch viel besseres Leben schenken, ein Leben, das größer ist als deine Träume und größer als deine kühnsten Vorstellungen."

Ja, bei Gott kannst du dein ganzes Gepäck loslassen: deine Minderwertigkeitsgefühle, deine Unsicherheit, deine Ängste und all den Druck, perfekt, cool, witzig oder sonst was sein zu müssen. Bei Gott kannst du einfach Kind sein. Du bist geliebt und wertgeschätzt – nicht von jemandem, der morgen vielleicht seine Meinung wieder ändert, sondern vom Schöpfer des ganzen Universums, der treu ist, weil er einen Liebesbund mit dir geschlossen hat. Bei ihm bekommst du all das, wonach du bei Menschen suchst. Er kennt alle deine Bedürfnisse und kann sie auch stillen. Das bedeutet nicht, dass sich all deine Probleme von jetzt auf gleich in Luft auflösen und du in einer Märchenwelt aufwachst. Nein. Aber Gott wird sich um dich kümmern und dir zur Seite stehen. Immer wieder, an jedem Tag.

„Gottes Liebe zu dir ist genialer als eine Million Likes bei YouTube." „Du bist ein Gedanke Gottes." „In seinen Augen bist du wunderschön." Das sind Nachrichten, die man auf allen sozialen Kanälen posten sollte! ☺ Es ist gut, wenn wir uns und andere immer wieder daran erinnern, dass wir auf die ganze Social-Media-Anerkennung nicht angewiesen sind, weil Gott uns alles gibt, was wir brauchen.

DO IT yourself

„Gott liebt dich"-Emoji

Das Emoji mit dem stärksten positiven Gefühl ist in meinen Augen das Smiley mit Herzaugen. Es strahlt so viel Wärme und Liebe und Begeisterung aus. Ich glaube, wenn Gott dir per WhatsApp schreiben würde, würde er dir genau dieses Emoji schicken. Er liebt dich grenzenlos. Ja, er ist geradezu verliebt in dich! Was hältst du davon, wenn du dir als Erinnerung daran ein Emoji mit Herzaugen bastelst? Schneide einfach aus gelbem Tonpapier einen Kreis aus und klebe darauf zwei Herzen aus rotem Papier. Anschließend vervollständigst du das Gesicht noch mit einem Mund aus braunem Tonpapier. Und schon ist dein persönliches „Gott liebt dich"-Emoji fertig!

Gott schreibt deine Lebensgeschichte

Verlass dich auf den Herrn von ganzem Herzen,
und verlass dich nicht auf deinen Verstand,
sondern gedenke an ihn in allen deinen Wegen,
so wird er dich recht führen.

SPRÜCHE 3,5; HFA

Manchmal läuft das Leben doch so richtig beschissen, oder? Da hat sich dein Freund von dir getrennt, dann passiert dir noch dieser blöde Fahrradunfall und zu allem Überfluss versemmelst du auch noch die Mathe-Arbeit. Oh Mann, was soll das Ganze eigentlich? Und dahinter soll ein Plan stecken, und dann noch ein guter? No way! Nichts scheint lächerlicher zu sein als dieser Gedanke. Die Situation scheint den Namen Chaos mehr als verdient zu haben.

Ja, das Leben ist nicht immer leicht. Immer wieder stehen wir vor Problemen, Aufgaben und Herausforderungen. Kleinen und großen. Und vor vielen Fragezeichen. Du weißt nicht, was morgen, nächste Woche oder nächstes Jahr sein wird. Wie dein Leben weitergehen wird und was dir sonst noch so alles passieren wird. Niemand kann dir die Fragen beantworten: Werde ich einen guten Abschluss machen? Werde ich auch nächstes Jahr noch gute Freunde haben? Gesund bleiben? Einen Partner finden und später einen guten Job, der mir Spaß macht?

Wenn wir es zulassen, können uns die Sorgen und Ängste richtig gefangen nehmen. Doch weißt du was? All deine Sorgen und deine Ungewissheit sind eine Challenge für dich. Eine Challenge, Gott diese Momente abzugeben und ihm zu vertrauen. In Psalm 37,5 steht ein wundervoller und starker Vers, der mich schon oft ermutigt hat: „Befiehl dem Herrn deine Wege und hoffe auf ihn, er wird's wohlmachen." Als ich plötzlich Angst bekam, ob meine Entscheidung, die Bibelschule nach zwei Jahren abzubrechen, wirklich richtig und gut war, kam mir dieser Vers in den Sinn. Er hat mir geholfen, meine Sorgen loszulassen und innerlich zur Ruhe zu kommen. Auch der Vers aus Sprüche 3,5 war mir schon oft eine große Hilfe. Dort steht: „Verlass dich auf den Herrn von ganzem Herzen, und verlass dich nicht auf deinen Verstand, sondern gedenke an ihn in allen deinen Wegen, so wird er dich recht führen." Dieser Vers ist eine Einladung, nicht auf meine eigene Idee für mein Leben zu setzen, sondern auf Gott. Er schaut mit einer ganz anderen Perspektive auf mein Leben – und das ist gut so. Es tut gut zu wissen, dass es jemanden gibt, der mit der 4D-Brille auf mein Leben schaut und nicht mit meiner eingeschränkten 3D-Brille. Gott sieht das Vergangene und er weiß über die Zukunft Bescheid. Ist das nicht genial, dass wir Gott unser Leben anvertrauen dürfen?

Klar, das ist manchmal absolut nicht einfach. Schließlich würde man das eigene Leben am liebsten nach dem eigenen Masterplan umsetzen, oder? Aber genau das ist der Punkt. Wenn wir Nachfolger von Jesus sind und Gott unser Leben geschenkt haben, heißt das, dass wir ihm wirklich unser ganzes Leben geben und sagen: „Hey Jesus, mein Leben gehört dir. Mach mit mir und meinem Leben, was auch immer du willst." Vielleicht hast du schon mal den Spruch gehört: „Träume nicht dein Leben, sondern lebe deinen Traum." Ich habe ihn irgendwann für mich ein wenig verändert – so gefällt er mir viel besser: „Träume nicht dein Leben, sondern lebe Gottes Traum." Ich, Nelli, habe mich irgendwann klar dafür entschieden, dass ich Gottes Traum für mein Leben leben will, und entscheide mich immer wieder neu dafür. Das bedeutet, dass ich mich von Gott überraschen lasse, wenn Dinge so ganz anders laufen, als ich es vielleicht erwartet habe. Immer wieder bin ich herausgefordert, die Kontrolle über mein Leben aus der Hand zu geben, und mich daran zu erinnern, dass Gott mein Leben in seiner Hand hält. Das ist oft ziemlich herausfordernd. Was mir dabei hilft? Die Erinnerung an Erfahrungen mit Gott, die ich in der Vergangenheit mit ihm gemacht habe, ermutigen mich, ihm auch in Zukunft zu vertrauen. Und wenn ich trotzdem keine Kraft habe, an Gottes gute Wege für mich zu glauben, dann verbringe ich einfach Zeit mit ihm und weine auch schon mal. Ich darf vor Gott echt sein. Damit gebe ich Gott Raum, mich zu trösten und zu ermutigen.

Ich weiß, dass Gott es richtig, richtig gut mit mir meint, weil er mich unbeschreiblich lieb hat. Deshalb will ich ihm vertrauen. Jeden Tag. Klar, es gibt da schon Dinge, die ich gerne anders gehabt hätte, wo ich denke: Das hätte doch auch anders laufen können! Aber ich habe es an Gott abgegeben, und vertraue darauf, dass er mein ganzes Leben überblickt, einen guten Plan für mich hat und jeden Tag bei mir ist. Auch in Zeiten, in denen ich mit Herausforderungen oder Zukunftsängsten kämpfe.

DO IT yourself

Deine Life-Story zeichnen

Nimm dir etwas Zeit, um über deine persönliche Lebensgeschichte nachzudenken. Schnappe dir ein großes Blatt weißes Papier (am besten im Format A3) und lege es quer vor dich hin. Zeichne dann von links nach rechts einen langen Pfeil: Das ist deine „Lebenslinie“. Unterteile diese Linie nun in einzelne Abschnitte, zum Beispiel kannst du als Markierungspunkte deine Lebensjahre nehmen – oder auch nur die vergangenen zwölf Monate. Markiere in einem nächsten Schritt auf dieser Lebenslinie deine Highlights und deine Tiefpunkte. Verwende dafür auch Farben: dunkle und helle. Tauche beim Malen in dein Leben hinein und nimm die schönen und schweren Momente wahr. Wo hat Gott dich ganz toll geführt und wofür bist du so richtig dankbar? Welche Stelle auf deiner Lebenslinie hättest du am liebsten gar nicht erlebt und macht dich bis heute traurig? Habe den Mut, mit jemandem, dem du vertraust, zu sprechen. Vielleicht ist das ja deine Mutter, dein Vater, vielleicht auch deine Jugendleiterin. Ich wünsche dir dafür ganz viel Segen und Gottes Nähe.

Neu durch Jesus

Das bedeutet aber, wer mit Christus
lebt, wird ein neuer Mensch. Er ist nicht mehr
derselbe, denn sein altes Leben ist vorbei.
Ein neues Leben hat begonnen.

2. KORINTHER 5,17; NL

Ich bin nicht gut. Puh, in dieser Andacht werde ich sehr persönlich. Aber ja – es stimmt. Ich bin nicht gut. Ich bin zu oft egoistisch. Ich bin immer wieder mal neidisch. Ich bin manchmal unzuverlässig. Ich lästere leider immer wieder mal. Ich sorge mich manchmal darum, wie es in dem einen oder anderen Bereich weitergeht. Ich versage immer wieder. Ich verletze Menschen durch Worte. Ich krieg manchmal den Hals nicht voll genug und will immer mehr. Ich mache immer wieder Schreibfehler. Ich esse manchmal zu viel Kuchen. Ich habe hohe Erwartungen an Menschen in meinem Umfeld. Ich bin manchmal zu stolz, um mich zu entschuldigen. Manchmal denke ich schlechte Dinge über eine Person. Wenn ich zu viel um die Ohren habe, arbeite ich stellenweise schluderig. Manchmal habe ich keine Kraft, mich mit ganzem Herzen in ein Seelsorgegespräch mit einem Jugendlichen einzulassen. Ich bin nicht gut.

Es fühlt sich seltsam an, das zu offenbaren. Schließlich leben wir doch in einer Leistungsgesellschaft, in der es darum geht, mit Leistung und Können zu glänzen und zu performen, Eindruck zu machen und Menschen von unserem Talent zu überzeugen. Warum traue ich es mir also, mich in diesem Buch zu outen und solche unschönen Dinge von mir aufzuschreiben? Weil es die Wahrheit ist. Ich bin nicht gut.

Weißt du, lange Zeit habe ich mich mega angestrengt, alles richtig und gut zu machen. Allein schon der Gedanke, dass ich einen Fehler gemacht habe, mit meinen Eltern im Streit bin oder in irgendeinem Bereich nicht die beste Entscheidung getroffen habe, führte dazu, dass ich mich wie die größte Versagerin fühlte. Schon wieder habe ich Mist gebaut. Schon wieder ist jemand sauer auf mich. Schon wieder habe ich bewiesen, dass ich gar nichts kann. Schon wieder zeige ich der ganzen Welt, dass ich ein Looser bin.

Du kannst mir glauben, ich war sehr gut darin, superspitze Gedanken-Pfeile auf mich zu schießen. An der klitzekleinsten Kritik und dem geringsten Versagen schrumpfte mein Selbstbewusstsein. Ich konnte den Gedanken, dass ich irgendetwas nicht hinkriege und nicht perfekt bin, einfach nicht aushalten. Aber ich habe eins verstanden: Ich muss nicht perfekt sein. Ich muss nicht aus eigener Kraft gut sein. Und ich kann es auch gar nicht.

Ich bin ein Mensch mit Schwächen und Grenzen. Ich brauche so dringend jemanden, der größer und stärker ist als ich. Jemanden, der zwar meine Fehler und Sünden sieht, aber mich trotzdem annimmt und mich liebt. Und genau das ist Jesus für mich. Er ist für meine Schuld und mein Versagen gestorben. Er hat mit seinem Leben bezahlt, um mich davon freizumachen und mir eine ganz neue Identität zu schenken. Wenn ich mich Jesus hinhalte – mit all meinen Schattenseiten –, wenn ich einsehe, dass ich selbst nicht gut bin und aufhöre, so zu tun, als wäre ich der große Held, dann schenkt er mir neues Leben.

In 2. Korinther 5,17 steht: „Das bedeutet aber, wer mit Christus lebt, wird ein neuer Mensch. Er ist nicht mehr derselbe, denn sein altes Leben ist vorbei. Ein neues Leben hat begonnen!“ Wenn ich mit Jesus „gestorben“ bin und Jesus in mir lebt, bin ich ein neuer Mensch. Meine Identität verändert sich. Mein Wert hängt dann nicht mehr an meiner eigenen Leistung, sondern an Jesus. Und das ist die mega-ultimative Freiheit! Wenn Jesus in mir lebt, dann fängt er an, aufzuräumen und immer mehr Raum in meinem Herzen einzunehmen. Dann lässt er Gutes in meinem Herzen entstehen und hilft mir, dass mein Tun Gutes bewirkt. Und wenn ich versage, dann vergibt er mir. Wenn ich zerbrochen bin, heilt er mich. Wenn ich egoistisch bin, erinnert er mich daran, dass ich mich wieder mehr um ihn drehen sollte. Wenn ich mich wieder selbstkritisch betrachte, sagt er mir, wie wertvoll und schön ich in seinen Augen bin. Ja, mit Jesus beginnt ein ganz neues Leben. Ich bin so glücklich darüber, dass Jesus in mir lebt und mich grenzenlos liebt. Es macht mich dankbar, dass ich eine Geliebte Gottes bin, sein Kind, seine Tochter, seine Prinzessin, Königstochter. Und ich vergesse es nie: Ich bin nicht geliebt, weil ich es draufhabe. Ich bin geliebt, weil Jesus es draufhat und er mir sein *Ja* geschenkt hat.

DO IT yourself

Das „Neu durch Jesus"-Ei

Ganz egal, ob gerade Ostern ist oder nicht: Schnapp dir ein weißes Ei und erinnere dich daran, dass Jesus in dir lebt. Das Ei ist ein Symbol für neues Leben. Deshalb bekommt es eine Papierbanderole, auf der der Satz „Alles neu durch Jesus" steht. Schreibe den Spruch in schöner Schrift auf einen farbigen Papierstreifen, der so lang sein sollte, dass die Enden sich überlappen, wenn du ihn um das Ei legst. Dann fixiere doppelseitiges Klebeband auf der Rückseite und klebe den Papiersteifen um die „Eierhüften". Wenn du mehrere weiße, gekochte Eier mit der Banderole verzierst, kannst du damit den Frühstückstisch dekorieren. Oder du verschenkst die Eier einfach weiter.

Du bist Teil seiner Geschichte

Denn Gott hat der Welt seine Liebe dadurch gezeigt,
dass er seinen einzigen Sohn für sie hergab,
damit jeder, der an ihn glaubt, das ewige Leben hat
und nicht verloren geht.

JOHANNES 3,16; NGÜ

Magst du spannende Filme oder Romane mit einer Lovestory? Wenn ja: Fieberst du auch mit den Protagonisten mit und fragst dich, ob *er* zurückkommen wird, um *sie* zu heiraten? Ich finde, es gibt doch kaum etwas Schöneres als gute Geschichten, die einen emotional packen.

Weißt du eigentlich, dass die Bibel eine Sammlung von Liebesgeschichten ist? Ich denke jetzt nicht in erster Linie an Storys wie die von Adam und Eva oder Josef und Maria, sondern vor allem an den einen großen Liebhaber, der sich nach seiner Braut sehnt und mit ihr in einer Beziehung leben will. Den Liebhaber, in dem der Hoffnungsfunken glüht, dass er mit seiner Braut eines Tages endlich vereint ist. Aber dann kommt es zu herben Rückschlägen: Die Braut kehrt ihm den Rücken zu, flirtet mit anderen. In vielen Passagen der Bibel wird erwähnt, dass es gar nicht erst zu einer Beziehung kommt und die Sehnsucht des Bräutigams ins Leere geht … Bestimmt fragst du dich gerade, welche Liebesbeziehung ich meine. Okay, hier kommt die Auflösung: Es geht um Gott – er selbst ist der Bräutigam, der sich nach der Braut sehnt. Und die Braut, das sind die Menschen, mit denen er eine innige Beziehung eingehen will.

Aber die Braut wird nicht zu einer Beziehung zu ihrem Liebhaber gezwungen – sie darf sich frei entscheiden. Denn obwohl Gott sich zutiefst nach einer Beziehung zu uns Menschen sehnt, hat er uns doch mit einem freien Willen ausgestattet, schließlich mag er keine Marionetten. Jeder Mensch darf sich für oder gegen Gott entscheiden. Es besteht kein Zwang, Gott folgen zu müssen. Die Bibel erzählt viele Geschichten, in denen davon berichtet wird, dass Menschen gegen seinen Willen handeln, ja, sich sogar von ihm abwenden. Da ist zum Beispiel der König Amon, von dem im Alten Testament die Rede ist: „Wie sein Vater Manasse tat auch

Amon, was dem Herrn missfiel. Vom Herrn, dem Gott seiner Vorfahren, aber wollte er nichts wissen, und seine Gebote befolgte er nicht" (2. Könige 21,22; Hfa). Die Bibel erzählt aber auch von vielen Menschen, die Gottes Liebe angenommen haben. Und in diesen Geschichten erfahren wir immer auch, wie die Liebe zu Gott sich im Leben dieser Menschen ausgewirkt hat – wie sie zu Hoffnungsträgern wurden und andere Menschen zu einer Beziehung zu diesem großen Gott eingeladen haben.

Gott liebt jeden Menschen – die Menschen, die ihn lieben, und auch diejenigen, die (noch) nichts von ihm wissen wollen. Er hat nach jedem Menschen eine unendlich große Sehnsucht und geht ihm nach. Und diese große Liebe hat er sich richtig was kosten lassen. Im Johannesevangelium lesen wir: „Denn Gott hat der Welt seine Liebe dadurch gezeigt, dass er seinen einzigen Sohn für sie hergab, damit jeder, der an ihn glaubt, das ewige Leben hat und nicht verloren geht" (Johannes 3,16; NGÜ). Jesus Christus starb am Kreuz, damit die Sünde nicht länger zwischen den Menschen und Gott steht und eine Beziehung zu ihm verhindert. Mit dieser Botschaft wird die Bibel zu einer einzigen großen Lovestory von einem großen Gott, der grenzenlos liebt und sich den Menschen hingibt.

Was ich besonders spannend finde, ist, dass die Liebesgeschichte zwischen Gott und den Menschen mit der letzten Seite der Bibel noch nicht zu Ende ist. Sie wird immer noch weitergeschrieben: mit den Menschen, die heute leben. Mit dir und mit mir. Wir alle sind Teil der großen Geschichte, und auch heute geht Gott den Menschen voller Liebe nach und lädt sie zu einer Beziehung mit ihm ein. Und immer dann, wenn jemand Gott sein *Ja* schenkt, passiert ein Happy End. Und wenn viele Menschen *Ja* sagen, dann bekommt Gottes Liebesgeschichte viele Happy Ends … Ist das nicht genial? Ist das nicht cool, dass wir auch Teil dieser großen, spannenden Geschichte sind?

DO IT yourself

Bible Art Journaling

Liest du viel lieber einen neuen Roman oder guckst einen spannenden Film als in der Bibel zu schmökern? Hey, vielleicht brauchst du einfach einen kreativen Zugang zur Bibel, um wieder zu entdecken, wie spannend dieses Buch eigentlich ist? Seit einigen Jahren entdecken immer mehr Frauen für sich das sogenannte „Bible Art Journaling“. Sie picken sich einen schönen Vers aus der Bibel aus und gestalten ihn kreativ. Sie malen, pinseln, kleben in ihre Journaling-Bibel, um diesen Vers zu illustrieren und ihn so im Herzen zu bewahren. Auf der Webseite https://bibleartjournaling.de und in vielen anderen Social-Media-Kanälen gibt es Anleitungen und viel Inspiration zu diesem kreativen Weg, sich nachhaltig mit Bibeltexten auseinanderzusetzen. Probiere es doch einmal aus!
Wenn dir das zu künstlerisch ist, dann schau mal in das Buch #gottesgeschichte von Armin Kistenbrügge rein. Dieses kreativ designte Buch erzählt kurzweilig und in wenigen Worten die Bibel im Schnelldurchlauf, quasi als wäre es ein Filmtrailer …

Das Beste kommt zum Schluss

Gott hat allem auf dieser Welt schon
im Voraus seine Zeit bestimmt, er hat sogar die
Ewigkeit in die Herzen der Menschen gelegt.
Aber sie sind nicht in der Lage,
das Ausmaß des Wirkens
Gottes zu erkennen; sie durchschauen weder,
wo es beginnt, noch, wo es endet.

PREDIGER 3,11; NL

Das Beste aus dem Leben rausholen. YOLO. You only live once – man lebt doch nur einmal! Diesen Satz hört man oft, wenn Menschen verrückte Sachen machen, eine Party nach der anderen feiern, von einem Event zum nächsten hüpfen … möglichst viele Termine in die Woche reindrücken, möglichst viele Freunde treffen. Doch obwohl sie schon volle Lotte im Rad drinhängen und ein Highlight das nächste jagt, hält sie die Angst gefangen: Ich verpasse was!

Kennst du dieses Gefühl? Die Angst, dass du coole Chancen ungenutzt an dir vorbeiziehen lässt? Hast du auch manchmal den Eindruck, dass du ein langweiliges Leben führst, dass da doch mehr gehen müsste, noch viel mehr drin ist?

Wenn ja – willkommen in meiner Welt. Ich kenne das sehr gut! Ich war als Teenager jemand, der sich voll ins Leben hineingeworfen hat. Gemütlich einen Kakao trinken und quatschen, das ging schon mal – aber unter keinen Umständen regelmäßig. Ich wollte raus und viele Menschen kennenlernen, Erfahrungen machen, Spaß haben. Das alles natürlich mit Jesus an der Seite – keine Frage. Ich habe mich zu Musical-Projekten angemeldet, zu Camps, zu Snowboard-Freizeiten, war mit Freunden auf Hüttentour, als Leiterin auf Freizeiten, ich habe Konzerte besucht, die Welt bereist, bin früh ausgezogen und, und, und. Ich hatte sehr viele Freunde und hab mich mit supervielen Menschen gut verstanden und Beziehungen gepflegt. Ich habe gemacht und gemacht und gemacht und gemacht. Und trotzdem hatte ich oft das Gefühl: Der Tag ist zu kurz. Vierundzwanzig Stunden reichen nicht; ich schaffe einfach nicht alles. Es gibt so viel mehr an vielversprechenden Möglichkeiten, ich könnte noch so viel mehr mit meinem Leben machen! Je schneller ich mich drehte, umso stärker wurde in mir das Gefühl, dass ich nicht alles hinkriege.

Aber – und jetzt kommt es: Ich muss ja gar nicht das Maximum an Erlebnissen in mein Leben hineinquetschen! Weil ich nicht nur mein kleines Leben hier auf der Erde habe – sondern eine ganze Ewigkeit. „Gott hat allem auf dieser Welt schon im Voraus seine Zeit bestimmt, er hat sogar die Ewigkeit in die Herzen der Menschen gelegt. Aber sie sind nicht in der Lage, das Ausmaß des Wirkens Gottes zu erkennen; sie durchschauen weder, wo es beginnt, noch, wo es endet", steht im Buch Prediger 3,11 (NL) geschrieben. Gott hat uns die Ewigkeit ins Herz gelegt. Nur weil wir irgendwann sterben, heißt das nicht, dass das Leben dann aus und vorbei ist. Gott schafft einen neuen Himmel und eine neue Erde, in der wir dann ewig weiterleben können (siehe 2. Petrus 3,13). Mit dem Tod gehen wir in die neue Welt hinüber, in der es noch viel schöner sein wird und in der es wahnsinnig viel mehr als auf dieser Erde zu entdecken geben wird. Doch wir glauben, dass wir hier und jetzt den meisten Spaß haben, die schönsten Reisen unternehmen und die besten Dinge tun können. Und dass es danach auf keinen Fall besser werden wird. Oder?

Ehrlich gesagt glaube ich das nicht. Wenn Gott bereits diese Welt so schön kunstvoll kreiert hat – wie viel mehr an Kreativität und Ideen wird er dann in die Erschaffung des Himmels und der neuen Erde stecken? Ich glaube, dass wir im Himmel noch viel genialere Erfahrungen machen und noch viel aufregendere Momente erleben werden, von denen wir heute noch nicht einmal träumen können. Der Himmel wird unsere Vorstellungen von Freude und Vergnügen und Liebe und Genuss komplett auf den Kopf stellen und uns mit einer absolut neuen Dimension überraschen. Wir werden im Himmel nicht aufhören, wunderschöne Momente zu erleben, im Gegenteil: Dort wird es erst so richtig losgehen!

Aus dem Grund können wir uns locker machen. Wir müssen

nicht mit aller Gewalt und aller Kraft noch mehr und noch mehr aus unserem Leben rausholen. Wir können entspannt leben und die Möglichkeiten nutzen, die Gott uns vor die Füße legt. Alles andere kommt dann im Himmel. Glaub mir: Das Beste kommt zum Schluss!

DO IT yourself

Dein Traum vom Himmel

Nach dem Leben ist vor dem Leben. Im Himmel geht es erst so richtig los. Was macht dieser Gedanke mit dir und wie könnte er dein Leben verändern? Welche Vorstellungen hast du, wenn du an den Himmel denkst? Was fändest du cool? Worauf freust du dich am meisten? Wenn du magst, schnapp dir ein paar Stifte oder Farben und male deinen Traum vom Himmel – oder beschreibe ihn mit Worten: Was siehst du? Wonach riecht es? Was hörst du? Träume und genieße die Vorfreude auf den Himmel!

3. Auflage 2021
Bestell-Nr. 817476
ISBN 978-3-95734-476-2

Umschlaggestaltung: Hanni Plato unter Verwendung von Shutterstock
Lektorat: Verena Keil
Satz: Greiner & Reichel, Köln
Druck und Verarbeitung: GGP Media GmbH, Pößneck
Printed in Germany

www.gerth.de